彗星来到木民山谷

HUIXINGLAIDAOMUMINSHANGU

[芬兰]图·扬松 著

周志培 冯文池 译

新疆文化出版社

图书在版编目(CIP)数据

彗星来到木民山谷 / 文昊, 心晴主编. -- 乌鲁木齐:
新疆文化出版社, 2018.3
（新美悦读.外国儿童文学佳作文库）
ISBN 978-7-5469-9314-0

Ⅰ.①彗… Ⅱ.①文… ②心… Ⅲ.①童话－芬兰－
现代 Ⅳ.①I531.88

中国版本图书馆 CIP 数据核字(2017)第 085972 号

总 主 编：文　昊　　　　　责任复审：王　琴

本册主编：心　晴　　　　　责任决审：于文胜

责任编辑：高雪梅　　　　　责任印制：刘伟煜

新美悦读·外国儿童文学佳作文库
彗星来到木民山谷

著　者　图·扬松　〔芬兰〕
译　者　周志培　冯文池
出　版　新疆文化出版社
地　址　乌鲁木齐市沙依巴克区克拉玛依西街 1100 号（邮编 830091）
发　行　全国新华书店
网　购　当当网、京东商城、亚马逊、淘宝网、天猫、读读网、淘宝网·新疆旅游书店
印　刷　三河市燕春印务有限公司
开　本　787 mm × 1 092 mm　1/16
印　张　9.5
字　数　69 千字
版　次　2018 年 3 月第 1 版
印　次　2018 年 5 月第 1 次印刷
书　号　ISBN 978-7-5469-9314-0
定　价　25.00 元

网络出版　读读网（www.dudu-book365.com）

网络书店　淘宝网·新疆旅游书店（http://shop67841187.taobao.com）

　　小长鼻正在树林中游逛时，突然看见一条他一直没有注意到的小道。这条小道曲曲弯弯神秘地通向密林深处，消失在树影之中。

　　整条河好像到处都是这些丑八怪，它们的眼睛露在水面上，闪耀着惨淡的绿光。更多的这种吓人的灰蒙蒙的家伙，正从河岸上向水中慢慢地爬动。

　　这时小木民、长鼻子、琴鼻子看到头顶上的一线天不见了，地下河向前伸展着，越来越小。现在水倒是平稳了，可是里面阴森森黑洞洞的。

他们站在悬崖边伸头向下张望。只见那块圆石一路上噼噼啪啪响着往下滚，带起来的小石头像雨点一样往下掉，回声久久地在山谷中回荡。

　　斯诺尔克姑娘对那只叮在岩壁上的贝壳发生了兴趣。她目不转睛地看着，这只贝壳十分巨大，身上是雅致的淡白色。

这时，彗星拖着它的火焰尾巴，吼叫着穿过山谷，越过树林，飞过山脉。最后，再次消失在地平线上空。

目 录

contents

第一章

在密林中

　　一场可怕的大水以后，有一家叫作市民的小动物，在另一个山谷里找到了他们被冲走的房子（关于这场大水后面专门有个故事）。于是他们便在那里安了家，到现在已经有好几个星期了。这个山谷美极了，时时可见欢乐的小动物在蹦跳，处处可遇到盛开着鲜花的树市。一条清澈见底的小河从山上流下来，到市民家房子边拐了个弯，便一直流向远方，消失在另一个山谷之中。不用说，那里的小动物也一定在纳闷：这条小河究竟从哪里流过来的呢？

　　一天早晨，也就是市民爸爸在小河上修好桥

的那个早晨，小动物小长鼻有了一个新发现（在这山谷中还有许许多多的东西等着他们去发现呢）。当他正在树林中游逛时，突然看见一条他一直没有注意到的小道。这条小道曲曲弯弯神秘地通向密林深处，消失在绿色的绿影之中。小长鼻出神地站在那里，呆呆地看了足足有好几分钟。

"这些小河与小道真有意思。"他想道，"你看着那小河从你身旁流过去，看着那小道从你身旁穿过去，会突然迷惑起来：究竟它们要走向哪里呢？多想跟过去看个究竟啊！可是我得赶快先去市民家，告诉他们的儿子小市民，好让他和我一起去探探这个奥秘。光我一个可不敢去，怕有危险。"于是他拿出铅笔刀在树上刻了一个秘密记号，好在回来时做认路的标记。他得意地想："小市民知道后肯定会大吃一惊的。"他一溜小跑赶回家，要知道吃午饭也是不能耽误的。

小长鼻到家时，小市民正在安装秋千板。听小长鼻这么一说，他也兴奋起来，很想弄清这条神秘小道。于是一放下饭碗，他们俩就出发去察看了。

爬到半山腰，那里有一片蓝色的梨树林，上面挂满了大黄梨。这么好的果子，即使小长鼻不嚷嚷肚子饿，他们也是不会轻易放过的。

"我们最好捡落果，"小市民说，"因为妈妈总是用落果做果酱的。"他们摇了一会儿树，捡了些落果。

小长鼻对他们的收获非常满意。"这些梨，该你拿着。我有我的事，我是开路的，没工夫操这些果子的心。"

他们来到了山顶上，回过头来朝下看。只见山谷里市民家的房子已是个蓝色的小点点，小河像条绿色的绶带，再找那秋千，怎么瞧也瞧不着了。"我们从来没有离家这么远过。"小市民一说到这，他们俩都感到又激动又紧张，全身都起了鸡皮疙瘩。

小长鼻东嗅西闻，一会儿抬头看看太阳，一会儿测测风向，一会儿再闻闻空气，摆出一副他是个了不起的开路先锋的架势。

"应该在这里一个什么地方，"他忙说，"我在树上刻过秘密记号，第一个记号是刻在一棵李树上的。"

"会不会在这里？"小市民指着刻在左边那棵树上的一个花体字问道。

"不在那里。啊哈！在这里！"小长鼻尖叫起来，他在右边那棵树上发现了一个同样的花体字。

几乎是同时，他们两个都看见了第三个同样的花体字，这个字刻在他们前面的那棵树上，而且刻得很高，至少离地面有三尺。

"就是这一个，我敢肯定。"小长鼻说着伸了伸身子去够那个花体字，"可是我太矮了，够不着呀！"

"可不得了！吓死人了！"小市民看了看周围惊叫起来，"到处都是花体字，有些差不多有一百尺高。我说，小长鼻，你发现的这条小道是条鬼道吧。现在那些小鬼们用那些花体字来迷惑我们，好让我们进不去。你说是吗?"

小长鼻脸色苍白,一句话也说不出来。就在这时,一阵咯咯的"鬼"笑声打破了树林中的寂静。一个黄色的大梨飞了下来,差点打在小市民的眼睛上。小长鼻惊叫一声躲了起来,而小市民却生了气,他决心要去看看是什么东西在捣鬼。突然间,他看清楚了,原来是只丝毛猴。这是小市民有生以来第一次面对一只丝毛猴。

这只猴子蹲在树杈上,小小的个,黑乎乎的,长一身柔软的细毛,活像只天鹅绒球。他的脸圆圆的,与全身比起来,颜色最淡(与小长鼻的脏鼻子的颜色差不多)。这只猴虽小,笑声却大极了,要跟他的小身子比起来,简直大了十倍。

"不要怪里怪气地乱笑!"小市民喊起来。他看清猴子比他小,"这个山谷是我们的,你赶快走开,要笑到别的地方去笑。"

"讨厌的小坏蛋!"小长鼻嘟嘟囔囔地说,装出一副他根本不在乎的样子。可是那只丝毛猴,却用尾巴把自己倒挂在树枝上,笑得声音更大了。他对着他们又扔了些栗子,鬼哭一般地又笑了一阵,然后蹦到树林深处不见了。

"他跑了!"小长鼻嚷起来,"跟上,我们追过去。"他们撒腿就追,慌慌张张在灌木丛和荆棘丛里钻进钻出,碰得各种成熟的浆果和松果像雨点般从头顶上落下来。脚底下,各色小动物吓得纷纷逃命,钻进了他们的小洞。

丝毛猴在他们前面逃着,他从这一棵树荡到那一棵树,他有好几个星期没有这样开心过了。

"你不觉得……（喘气）我们这样追一只无聊的小猴可笑吗？"小长鼻呼哧呼哧地喘着气说道，"我看……（喘气）他没什么用处。"

小市民同意他的说法，于是他们坐到了一棵树下，假装着想心事。丝毛猴一见他们坐下了，便也在他们头上的一个树杈上，找个地方舒舒服服地坐了下来，学着他们的样子做出一副沉思的样子，这是他逗人取乐惯用的伎俩。

"别理他。"小市民悄声地说，然后又大声说道，"这里真是个好地方，小长鼻，你说对吗？"

"对，这条小道看上去也非常有意思。"小长鼻答道。

"小道。"小市民若有所思地重复了一下，突然间他明白过来了，"哎呀！这不就是我们要找的那条神秘小道吗？"他气喘吁吁地说。

这条小道看上去倒真是有点神秘的味道。

头顶上，梨树、橡树、白杨树的树枝连成一片，形成了一条黑暗隧道，一直通向令人莫测的森林深处。

"现在我们可不能闹着玩了。"小长鼻想起了这次当开路先锋的是他，"我在前面找路，你留心着点，要有什么危险就敲三下。"

"我往什么东西上敲？"小市民问。

"你想往什么东西上敲就往什么东西上敲。"小长鼻说，"就是不能说话。那些梨呢？你是怎么搞的？我说，你一定把他们弄丢了。啊呀！亲爱的，什么事都要我亲自操心吗？"

小市民懊恼地皱起眉头，一句话也说不出来。

就这样，他们摸索着朝这个绿色隧道的深处走。小长鼻找路，小市民注意危险。丝毛猴在他们头上攀着一根根树枝往前跳。

小道曲曲弯弯，一会儿进树林，一会儿出树林，越往前走路越小，到最后就看不出有什么路的痕迹了。小市民有些泄气了。"好了，看来就这个样了。"他说，"这条小道不一般，一定是通到一个什么非常神秘的地方去的。"

他们静静地站在那里，失望地你看看我，我看看你。就在这时，一阵带咸味的风迎面吹来，同时一阵阵微弱的浪涛声，也从远处传过来。

"是海。"小市民欢呼起来。迎着风跑过去，他兴奋得心头怦怦直跳。在海中游泳是他最大的爱好。

"等一等，"小长鼻喊起来，"别把我拉在后面！"

可是，小市民一口气一直跑到了海边才停下来。他坐了下来，聚精会神地望着那一浪接一浪，滚滚而来的波涛，浪峰上还冒着白色泡沫呢。

过了一会儿，小长鼻才从树林中跑到这里。"这里真冷。"他说，"我问你，你还记得不记得我们与哈蒂，就是那个胖乎乎的小动物一起来海上的情景？那次暴风雨太可怕了，我晕船晕得真厉害。"

"那是过去的事了。"小市民说,"现在我要去游泳。"说罢他就径直冲进了海浪里。市民族动物总是这样的,他们除了躺在床上有时穿点衣服外,平时身上总是光光的,所以游泳也不必费心脱衣服。

这时候丝毛猴也从树上爬下来,走过去坐在沙滩上看着他们。"你们在这里想干什么?"他喊道,"难道你们不觉得这里又潮又冷吗?"

"我们真的把这只小猴吸引住了。"小长鼻说。

"是的。我说,小长鼻,你会睁着眼潜水吗?"小市民问道。

"不会。"小长鼻说,"我也不打算学会,在海底会碰到些什么,你知道吗?你想潜水你尽管去好了。可是要碰到什么倒霉事,别怪我。"

小市民"呸"了一声就一头扎进了海浪里,他穿过闪闪发亮的绿色水泡一直向下游去,在稍深一点的地方,他碰到了一大片卷曲的海草。这些海草身上缀满了漂亮的海贝,白色的、粉红的,在水流中微微摆动。再往下游,一片墨绿色,越往下去,颜色越深,最后看到的只是一个深不见底的黑洞了。

小市民回头游上来冲出了海面,正好有一个大浪把他推上了海滩,这时小长鼻和丝毛猴正坐在那里高喊救命呢。

"我们还以为你不是被淹死了,就是被鲨鱼给吃了呢!"小长鼻说。

小市民又"呸"了一声说："大海，我已习惯了。我潜到海底时，想出来一个很好的计划，而且是一个非常有意思的计划，但是我怕叫外人听去。"他说着，示意地朝丝毛猴看了看。

"滚开！"小长鼻对丝毛猴说，"我们有秘密事要讲。"

"哟，求求你，叫我也听听吧！"丝毛猴恳求道。要知道猴子这东西是世界上好奇心最大的动物。

"我保证，我不漏一个字。"

"叫他发个誓，好不好？"小市民说。

"好，为什么不呢？"小长鼻说，"还得叫他正儿八经地发个誓。"

"跟着我说，"小市民说，"我保证，这辈子不漏一个字，要不就让大地把我吞掉，就让老妖把我骨头折断，罚我永不吃冰淇淋。"

丝毛猴跟着小市民说了一遍，但有些心不在焉。猴子的注意力从来都是不会持久的。"好，"小市民说，"现在我讲给你们听。我的计划是在海底采珍珠，采来后放在盒子里，再把盒子埋到沙子里。"

"但是我们到哪里去找盒子呢？"小长鼻问。

"这件事由你和丝毛猴办。"小市民答道。

"为什么老是叫我干那种难事？"小长鼻忧伤地问，"而你尽做有趣的事。"

"刚刚你不是做过开路先锋了吗？"小市民说，"再加上，你又不会潜水。好了，别傻了。"

小长鼻和丝毛猴出发到海滩上去找盒子去了。

"讨厌的小坏蛋，"小长鼻嘟嘟囔囔地说，"本来他自己能够找到这倒霉盒子的，却非让我们去不行！"

他们在沙子中掏着挖着，找起盒子来。但没过多大一会儿，猴子把找盒子的事忘得一干二净，竟捉起螃蟹来了。有一只螃蟹以它那种奇特的横行法飞快地向前爬着，很快躲到了一块石头下。猴子叫上小长鼻赶过去朝石头下看去。什么也看不见了，只看见螃蟹的那两只眼珠子，好像装在两根小棍的顶端似的，在威吓地舞动着。他们追着、提着，过了很长时间。最后螃蟹跳进了一条石头缝里，并用沙子在面前筑起了一道防护墙。他们看到，这只螃蟹是捉不住了，这才罢休。

"完了，叫它给跑了。"丝毛猴说，"来，咱们来爬岩石玩吧！"

这里是个荒漠的小海湾，到处矗立着锯齿般参差不齐的岩石。他们爬上了一块岩石这才发现，他们来到了一块突出在海面上的岩石顶端。一边是峭壁，另一边是悬崖，下面就是海。

"你一定害怕了，不敢再往前走了，是吗？"丝毛猴问小长鼻。它觉得它有四条腿，爬到前面去容易得多。

"我什么时候害怕过？"小长鼻答道，"我不到前面去停在这里是因为我觉得从这里看风景，要比在那边看美得多。"丝毛猴嘲弄地露齿笑了笑，把尾巴翘得半天高，一跳一蹦地过去了。过了一会儿，传过来丝毛猴的笑声。"喂！"他叫道，"我给自己找到一座房子了，还是一座不错的房子呢！"

小长鼻犹豫了一会儿，但终究经不住那座房子的诱惑（他十分喜欢建在不平常地方的房子）。他紧紧地闭上眼睛，沿着岩石的顶部向前移动。海浪的飞沫有好几次泼了他一身。他口中念念有词，祈求小动物保护神保佑。他感到他生下来还从来没有这样害怕过，也从来没有这样勇敢过。他慢慢地，一步一步沿着岩石顶部向前爬去。突然，他被猴子尾巴给绊了一下，于是他睁开了眼睛。只见那丝毛猴趴在那里，肚子贴着地面，头伸进了一个岩石洞，喋喋不休地自言自语，高兴得哈哈笑个不停。

"怎么回事？"小长鼻说，"你说的房子在哪儿呀？"

"在这里面！"丝毛猴叫喊了一声就钻进了岩石洞不见了。这时小长鼻看到，这是个山洞，一个他做梦都在找的真正的山洞。这个山洞的洞口很小，一到里面就开阔起来，有一个大房间那么大，岩壁光溜溜的升向洞顶，洞顶上有一个裂缝，太阳光就从那裂缝里射进来。山洞的地上平平整整地铺着一层白细沙。

丝毛猴急急匆匆地冲到山洞的一个角落里，那里有一个裂口。他用鼻子嗅了嗅便开始在沙子里掏起来。

"这里可能有许多螃蟹。"他嚷起来，"过来帮我看着点。"

"安静。"小长鼻一本正经地说，"现在是我一生中最伟大的时刻，是我发现了一个真正的山洞。"他用尾巴把沙子扫扫平，叹了口气。"我要住在这里一辈子。"他想，"在岩石壁上支起一个小搁板，在沙地上挖一个睡觉洞，到晚上再点上一盏小油灯。嗯，还得做个绳梯，这样好爬出洞顶看大海。小市民知道了又会大吃一惊的。"

一想到小市民，他突然记起了他采珍珠要盒子的事。"我说，丝毛猴，"他说，"盒子的事怎么办？你觉得小市民真的需要盒子吗？"

"什么盒子？"丝毛猴问。他的记性太差了。"哟！就是还有盒子的事，真烦人，快！"接着他只一眨眼的工夫，便钻出了山洞，沿着岩石的顶部爬了回去，又从那里下到了沙滩上。

小长鼻慢慢地跟在丝毛猴后面，有好几次他得意地回过头来看他发现的——山洞。他满意得有些忘乎所以，岩石顶上的危险也忘了。他回到了沙滩上，默默地沉思着，向着小市民采珍珠的地方，步履艰难地走去。这时小市民已采了许多珍珠，他们整齐地排在沙滩上闪闪地发着光。小长鼻看见，小市民还在海浪中像个钓鱼浮子似的忽而沉下去，忽而浮上来。再看那丝毛猴，他已经坐在沙滩上，正忙着周身挠痒痒呢。

"我是珍珠保管员。"他一本正经地说，"这些珍珠我已经数了五遍了，可是每一遍数出来的数都不一样，你说怪不怪？"

小市民从水里走过来，双臂抱满了牡蛎，连尾巴上都卷着几个。"嗨！"他一边说，一边把眼睛上的海草抖下来，"今天就弄这么多了，盒子找到没有？"

"海滩上哪有那么多盒子好找？"小长鼻说，"盒子没找着，可我们倒有了个重大发现。""什么发现?"小市民问。真是快活的事一桩接着一桩:林中小道的秘密揭开了,在海里游泳游够了,采珍珠采了一大堆,现在又来个什么重大的发现,太叫人高兴了。小长鼻顿了顿,然后像舞台上朗诵台词那样说道:"一个大山洞!"

"是不是那个山洞?"小市民问道,"门口有个小洞,爬进去里面有岩石壁,有沙铺地?"

"不错,正是!"小长鼻得意地答道,"正是这样一个山洞,是我亲自发现的。"他对丝毛猴眨了眨眼,可是那小猴子并没有在意,正聚精会神地数它的珍珠呢,这已经是第八遍数了。什么山洞,早已抛到九霄云外了。

"太好了!"小市民说,"真是个好消息,用一个山洞藏珍珠比用一个盒子藏强许多,我们马上到那里去。"

"对,我也是这样想的。"小长鼻说。于是他们三个把珍珠运到了山洞里,整整齐齐地铺在沙地上。然后他们躺了下来,透过洞顶的裂缝仰望着天空。

"你知道吗?"小市民说,"要是你能向天上飞去,一直向上飞,飞呀飞,飞过千千万万里,就到了一个黑洞洞的地方。那里的天空不是蔚蓝色的,而是漆黑一片,就是在白天,也是这样。"

"怎么会这样。"小长鼻问。

"就是这个样。"小市民回答道,"在那黑洞洞的地方有许多天空大怪物，蝎子了，熊了，羊了什么的。"①

"这些东西危险不危险？"小长鼻问。

"对我们来说没什么危险，"小市民答道，"只是他们要吃别的星星。"

小长鼻陷入了深思，反复地想着小市民说的事。他们不再说话，只是静静地躺在沙地上，望着那透过洞顶照进来的阳光，看着它慢慢地在沙地上向前爬去，一直爬过去，最后爬到了珍珠上。

小市民和小长鼻回到山谷中，来到他们的蓝色房子时，已经傍晚。上了新漆的小桥，十分鲜艳。桥下，小河在静静地流淌。市民妈妈正在装饰花坛，她把一个个贝壳排在花坛的周围。

"我们已吃过晚饭，"她说，"你们最好自己到食品柜里去找点吃的，孩子们。"

小市民兴高采烈，欣喜雀跃。"我们今天到的地方离这里至少有一百里，"他说，"我们顺一条神秘小道往前走，后来我找到了一种非常值钱的东西。但是我不能告诉你这个东西的名字，因为我们发过誓。不过这个东西的第一个字是'王'字旁，第二个字的右边是'朱'字。"

"我也发现了一样东西，它的名字的第一个字，下面一横，上面三竖，第二个字三点水加个'同'。"小长鼻大声说，"行了，我

_____

① 指各种星座：天蝎座、大熊星、小熊星、白羊星座等。

只能提示那么多了，不能再往下讲了。"

"好极了！"市民妈说，"真没想到，一天里竟有两大发现！不过现在你们还是快点去吃晚饭好，宝贝，汤还在炉子上热着。不要弄出叮叮当当的响声来，爸爸在写东西呢。"

她继续摆贝壳，一个蓝的，二个白的，一个红的。按这个办法摆好后，看着确实美。她轻轻地吹着口哨，突然她发现快要下雨了。风越刮越大，树干摇动着，树叶翻卷着。在远处的地平线上聚集着一团乌云，慢慢向天空升去。"我希望，再也不要发大水了。"她想着。雨点撒下来时，她赶快捡起没有摆完的贝壳走进了屋里。

在厨房里她看见小市民和小长鼻缩成一团，躺在角落里。他们由于一天的跋涉，累坏了。她在他们身上盖上了一条毯子，然后靠窗坐下来织补市民爸爸的袜子。

雨，在外面唰唰地下。雨点敲打着房顶，发出嗒嗒的响声。在那遥远的海边，雨水滴进了小长鼻的山洞。在密林深处，丝毛猴爬进了空心树，一直爬到底部，把尾巴卷到脖子上御寒。

深夜，所有的人都上床睡觉了，市民爸爸听到了一声哀鸣。他惊觉起来听着，雨水在排水管里哗哗地流着，在风声中什么地方砰地响起一声关门声，接着传过来一声哀号，市民爸爸赶忙穿上了衣服走出去察看。

他先朝天蓝色房间里看了看，又朝金黄色的房间里看了看，再朝油漆已经剥落的旧房间里看了看。到处都是静静的。于是他拉开了沉重的门闩，开门朝外看。外面正下着倾盆大雨。他的手电射出了一道白光，只见那雨点像宝石一样在白光中闪闪发光。

"哎呀！这是个啥东西呀？"市民爸爸叫起来。在台阶上趴着一只湿漉漉、样子怪可怜的东西，它的两只黑眼珠在手电光下亮晶晶的。

"我是麝香鼠。"那个可怜的小东西胆怯地说，"你知道吗？我是哲学家。恕我冒昧，你在修桥时把我在河岸上的家完全毁了。既然家都没有了，再出什么事也不怎么在乎了。可是我还得说，即使是哲学家，也并不愿把自己淋得像只落汤鸡呀！"

"我感到十分抱歉。"市民爸爸说，"我不知道你在桥下住着。请进，我相信，我妻子会给你安排好住处的。"

"我对睡觉的地方，要求并不高。"麝香鼠说，"说实在的，也不需要床呀什么的，有一个洞让我钻进去就满足了。当然了，对一个哲学家来说，舒服也罢，不舒服也罢，反正是一个样。尽管这么说，毕竟还是有一个洞好……"他讲这番话也没有想让市民爸爸听了难堪的意思。他说完后抖擞抖擞精神进到了房子里，摇晃了几下身子把水抖落下来，说道："这是间多么漂亮的房子呀！"

"这是我们的市民家族常用的房子样式。"市民爸爸说。这时他看出来，和他说话的人不一般。"本来这所房子是我建在别的地方的，几个月前一场大水把它冲到了这里。我希望你待在这里会感到愉快，我觉得在这所房子里工作还是很不错的。"

"在什么地方我都能工作。"麝香鼠说,"我的工作大不了就是思考思考。我从小就想,世间一切事物都显得是那么样的没有必要。"

"怎么会都没有必要呢?"市民爸对他的说法感到不可思议,"来杯酒驱驱寒,怎么样?"

"酒吗,我得说,倒是不很需要的。"麝香鼠答道,"不过,来一点也未尝不可。"

于是市民爸爸蹑手蹑脚地走进了厨房,摸黑打开了食品柜。他伸直身子去摸放在顶层的棕榈酒。怎么也够不着,他再使劲伸身子,还够不着,伸呀摸呀。突然,啪的一声,他打翻了一只菜盘子,一下子整个房子闹起来了,大家喊着叫着,砰砰地开门关门。市民妈妈手里捏着一支蜡烛,从楼上跑下来。

"啊,是你!"她说,"我以为一定有什么人闯进屋里来了。"

"我想把棕榈酒取下来,"市民爸爸说,"可是不知哪个蠢家伙,会把这个该死的菜盘子就放在搁板边上。"

"算了。"市明妈妈说,"这个菜盘子多难看呀!打烂了倒是件好事。站到凳子上,亲爱的,这样就够着了。"

市民爸爸站到凳子上,取下一瓶酒,三只杯子。

"那第三只杯子给谁用?"市民妈说。

"麝香鼠,"市民爸爸说,"他是个了不起的人物,他打算住在我们这里。当然了,这要得到你的允许,亲爱的。"于是他把麝香鼠叫了进来，向市民妈妈作了介绍。

他们坐在游廊里喝酒，为相互的健康干杯。尽管在半夜里，小市民和小长鼻也还是得到了许可下楼来了。外面雨还在哗哗地下着，风直往烟囱里钻，呼呼地号叫。

"我从小就在这条河边生活，"麝香鼠说，"从未见过这样的天气。当然并不是说这对我会产生什么影响，只不过是给我一些新的东西让我思考罢了。山那边的山谷又热又干燥，雨要是下在那边就是件大好事。我们这里，每天早晨的露水就很重，不需要什么雨。"

"麝香鼠叔叔，你说你从小就在这里生活，那你是怎么知道山那边的情况的?"小长鼻问道。

"有一只水獭曾经游到这里来过，他对我说的。"麝香鼠答道，"我从来不自己去做那种没有必要的旅行的。"

"我喜欢旅行!"小市民说，"什么叫没有必要，我想，几乎所有的事情都是有必要的，只有吃粥和洗……"

"别作声，孩子。"市民妈妈说，"麝香鼠是聪明人，他什么都了解，他也知道为什么有些事没有必要做的道理。不过，我的希望仅仅是，就像我说过的那样，不再发大水。"

"谁也说不清!"麝香鼠说，"近来空气中肯定有某种不寻常的东西。我有一种不十分清楚的预感，因此我思考得比平时多。对我说来，不管发生什么事，都是不会对我产生什么影响的。但是，最近要出些事，这是肯定的。"

"是可怕的事吗?"小长鼻问道，他把长睡衣紧紧地裹在自己身上。

"谁也说不上。"麝香鼠说。

"好了，我们都去睡觉吧!"市民妈妈说，"夜里让孩子们听吓人故事不怎么好。"

市民妈妈给麝香鼠安排了住处。

于是他们各自爬回到了自己睡觉的地方。不一会儿，都进入了梦乡。第二天早晨，天空中还是照样乌云密布，树林里也还照样是冷风呼呼地号叫。

第二章

带尾巴的星星

第二天仍是阴天。麝香鼠来到院子里，躺到吊床上思考起哲学问题来。市民爸爸在天蓝色房间里写回忆录。小市民在厨房门口闲荡。"妈妈，"他说，"麝香鼠讲了那么多不祥预兆，你是不是觉得，他已经知道要发生的事了。"

"我觉得他心中也不十分清楚。"市民妈妈说，"不要管这种事了，宝贝。也可能他在大雨中着了凉有点头晕。好了，和小长鼻一起去玩吧，再到蓝色的树上摘些梨来。"

小市民走着，心中一直在嘀咕。他决定等以后有机会再找麝香鼠问问。他和小长鼻找来了一架长梯，上了小山。

"我们是不是去那个山洞？"小长鼻问。

"对。"小市民答道，"等一等，我们得先在这里给妈妈摘些梨。"

他们走到了一棵最大的蓝色树前，抬头一看，见那丝毛猴正坐在树枝上向他们挥手呢。

"你们好！"他尖声尖气地喊道，"天气糟透了！我家里被淋得透湿，整个林子也弄得一塌糊涂，你们是不是来捉螃蟹的？"

"没有时间弄那个。"小市民说，"妈妈等着做果酱呢。而且，我们还有比捉螃蟹更重要的事情呢。"

"什么重要的事情，说给我听听！"丝毛猴说。

"只有事到临头才能告诉你。"小市民说，"现在谁也不十分清楚，不过有一点是清楚的，那就是这种事真要来到，那就十分吓人。当然，这种事也可能压根儿不会来。不过，最近以来你可感觉出来，天气有些不寻常。"

丝毛猴疑惑地"啊哈"了一声说道："这真太有意思了！"

"好了，别耍嘴皮子了。"小市民说着把梯子搭在蓝色树上，"现在来帮点忙。"

摘梨，那太有趣了。摘下来的梨一个个扔到地上，就像欢蹦乱跳的皮球，向四面八方滚去。小市民他们三个摘呀，扔呀，喊呀。梨在地上蹦呀，滚呀，直到盖满一地。丝毛猴笑得像发了疯一样，差点从树上摔了下来。

"够了。"小市民气喘吁吁地说,"我们一年里吃不了那么多果酱。来,现在我们把这些梨统统滚到河里去。我到小桥那里去把它们堵住,你们在这里干。丝毛猴,你负责滚梨,小长鼻,你到河边去看着点。"

当丝毛猴把一个个梨滚下山坡时,小长鼻兴高采烈地叫喊起来:"哎嗨!开始向河里滚梨了!"接着他向小河边跑去。梨一个个扑通扑通掉进了河里。有的在水流中打旋,有的撞到河中间的石头上又蹦了过去。小长鼻跑前跑后,手里拿着一根长杆子,他到这里拨一拨,又到那里捅一捅。小市民在桥下把梨一个个抓住,在河岸上堆成了一大堆。

过了一会儿,市民妈妈走出家门,敲着锣喊道:"吃午饭了,孩子们!"

"好极了!"当他们来到院子里时,小市民说,"摘了一大堆。"

"不错,你们采的真不少!"妈妈大声说,"我还从没见过那么多的梨呢!"

"那么,这回总该答应我们把午饭带到外面去吃了吧!"小市民说,"到一个只有我们知道的秘密地方去吃,行吗?"

"嗯嗯,让我们去吧!"小长鼻恳求道,"最好多带点吃的东西,好让丝毛猴也跟我们一起吃。再捎点柠檬水,行吗?"

"当然行,宝贝。"市民妈妈一边说,一边把那些好吃的东西打包好放到篮子里,顶上还放把雨伞以防下雨。

当他们到达山洞时，天还是阴沉沉灰蒙蒙的。一路上，小市民一直在担心他的珍珠。他沉默不语，径直向着山洞走去，一到洞口便马上爬了进去。他惊叫起来："有人来过！"

"竟有人敢到我的山洞里来！"小长鼻叫起来，"讨厌的小坏蛋！"

珍珠，原来是很整齐地摆成一排排的，现在都已拢到了地中央，并摆成了一种图样。"不管它摆成个啥样，我们最好再数一数。"小市民对跟他们一起来的丝毛猴说，"你是保管员，你数。"

丝毛猴一连数了四遍，每遍都不一样。"原来是多少？"小市民问。

"我不记得了。"丝毛猴说，"不过我当时数时，每次的得数也是不一样的。"

"嗯，"小市民说，"这倒是实话。但是我感到奇怪，谁会来这里呢？"

他们坐在那里忧闷地看着珍珠堆成的图样。

"这个图样看起来像个什么东西。"小市民终于醒悟过来，"我看像个星星。"

"还带有一个尾巴。"丝毛猴说。

小长鼻疑惑地看看猴子。"一定是你干的，这不是你，又是谁？"他说道，因为他还记得很清楚，猴子刻在林间小道两旁树干上的花体字，正是这个图样。

"本来应该是我，"他说道，"但这次正巧不是我。"

"那又可能是谁呢？"小市民说，"现在不要管它了，先吃饭要紧。"

他们从篮子里取出食物，打开纸包，把薄煎饼、夹心面包、香蕉和柠檬水分成三份。在他们三个高兴地大吃大嚼的这段时间里，这才算是安静了几分钟。吃完后，他们在沙地上挖了几个坑，把包装纸和香蕉皮埋到里面。埋好后又挖了一个坑把珍珠埋好。然后小市民说：

"饭吃完了，这件事情我也想得有点眉目了。什么人把珍珠摆成带尾巴星星的样子，好像是要警告我们，要不就是威胁。也许，有一帮子家伙，比如说一个秘密集团，由于什么原因正在生我们的气。"

"你认为这个集团就在附近什么地方吗？"小长鼻问，他显得有些焦虑不安，"他们很可能是生我的气对不对？"

"是的，特别是生你的气。"小市民说，"很可能是这样的，你发现的这个山洞碰巧原来是他们的。"

小长鼻脸色苍白，他说："我们是不是该回家了？"幸好谁也没有注意到小长鼻已经开始害怕。他们出了山洞来到岩石顶部。大家只顾眺望大海，谁也没有再去看小长鼻一眼。这时大海像一个巨大的灰绸鸭绒垫，上面绣着朵朵白花。这些白花不是别的，原来是那些停留在海面上的海鸥，他们都头朝海的远方。

突然，丝毛猴笑起来。"看哪！"他说，"那些可笑的海鸥，他们可能认为自己是海洋垫子上的绣花。瞧它们把自己绣成了一颗大星星！"

"还带着一个尾巴！"小市民叫起来。

小长鼻吓得一阵哆嗦，拔脚就溜。他这时已完全忘了会从这里掉进大海的危险，匆匆忙忙跑过岩石的顶部。他穿过沙滩，一直向市民山谷奔去。一路上，他一会儿被草丛树根绊倒，一会儿又被树枝缠住，一会儿又摔的长鼻子着地，一会儿又溅着水花踩过小溪。跑呀！奔呀！跌倒了，爬起来，再跌倒。总算逃到了市民山谷。这时他已头晕目眩，精疲力竭。但一到市民家门口，还是拼了一股子劲，像箭一样射了进去。

"出什么事了？"市民妈妈问，她正坐在那里搅果酱。小长鼻紧紧地挨着她，把头藏在她的围裙里。"有帮子坏蛋正在追踪我。"他嗫嚅地说，"他们要来抓我，还要……"

"有我在这里，他们不敢。"市民妈妈说，"好了，不要怕。现在你去把那平底锅舔干净，高兴吗？"

"我还是害怕。"小长鼻呜咽地哭着说，"不光是现在怕，说不定我要怕一辈子！"过了一会儿他又说，"你要我舔平底锅，也许不等我舔完锅边，那帮追我的家伙就到了。"

当小市民到家时，妈妈的果酱罐已经装得满满的了。小长鼻正在舔平底锅，已经舔到锅底了。

"哼！"小市民说，"怪事还在后头呢！"

"什么怪事？"小长鼻从平底锅抬起头来，焦急地看着小市民问道。

"没什么。"小市民答道，他不愿再叫小长鼻害怕了，"让我去和麝香鼠谈谈。"

麝香鼠躺在吊床上沉思。

"您好，麝香鼠叔叔。"小市民说，"您知道已经开始发生的新鲜事吗？"

"万变不离其宗，不会有什么新东西。"麝香鼠说。

"不，"小市民说，"这回的的确确是件新鲜事。森林里有人在到处做秘密记号——可能是威胁，也可能是警告，也可能是别的什么。刚刚我和丝毛猴回家时，就看见妈妈准备做果酱的梨，有人也把它们摆成带尾巴的星星了。"

麝香鼠用他那明亮的黑眼睛看了看他，抖动了一下胡子，但是什么也没有说。

"事情还没有完。"小市民不罢休，继续说道，"海鸥在海上也排成了这种星星的队形。树林中蚂蚁走的路线看起来也像这种星星。我看这是一个秘密集团想报仇，想用这来恐吓小动物小长鼻的。"

麝香鼠摇摇头，"我十分尊重你的推论。"他说，"但是毫无疑问，你是错误的，完全彻底错误的。"

"要是我错了，倒是件好事。"小市民说。

麝香鼠又阴郁地哼了一声，说道："当然，这件事对我来说反

正都是一个样。但是我得承认，我的预言得到证实使我感到多少有些满意。”

“你这是什么意思？”小市民问，“是不是说有什么不吉利的事快要临头了？”

麝香鼠一言不发，皱起额头，静静地思忖着。“你知道带尾巴的星星意味着什么吗？”他终于开口了。

“不知道。”小市民说。

“那是彗星①。”麝香鼠说，“这种星在天外黑洞洞的空间里闪着白光，后面还拖着一条燃烧着的尾巴。”

“啊呀！吓死人了！”小市民惊叫起来。他由于恐怖两眼发黑，“这种彗星会到我们这儿来吗？”

“关于这一点还没有仔细研究过。”麝香鼠说，“可能来，也可能不来。不过对于像我这样的人来说，彗星来还是不来，没什么两样，因为我认为世间一切事情都是没有必要的。”

小市民朝寂静的灰色天空看了看，脑子里寻思，天空跟平时还不是一个样。“这个彗星，不管它来还是不来，”他喃喃地说，“我是不会喜欢它的，完全不会喜欢的。”

“我想现在我该睡觉了。”麝香鼠说，“去玩吧，我的孩子，去尽情地玩吧！”

---

① 彗星：俗名扫帚星。

小市民犯愁了。"还有一件事，"他说，"有没有什么人对彗星的脾气知道得多一些？有没有什么人知道，彗星是否会撞到地球上来？"

"有，独山天文台的教授们应该知道。"麝香鼠说道，"有关彗星，他们知道得最多，他们不知道的，别人也不会知道。不过现在，你该走了，让我安静一会儿。"

小市民沉思着走开了。

"他说什么来着？"等在拐弯处的小长鼻问道，"真是个秘密集团吗？"

"不是。"小市民说。

"也不是天上的怪物？"小长鼻焦急地问，"不是天蝎也不是大熊？"

"都不是。"小市民说，"这件事你不要再担心了。"

"可是你看上去为什么还这样心事重重？"小长鼻问。

"我正在盘算，"小市民说，"我正在盘算我和你应该做一次探险旅行，这将是一次我们做过的最远的一次考察旅行。我们去找独山天文台，用世界上最大的望远镜看星星。而且最好马上就去，越快越好。"

第三章

鳄　鱼

第二天早晨，小市民仍在朦胧之中，他却意识到，今天好像有什么重要事情要办。他坐起来打了个深深的呵欠，他想起来了，今天他和小长鼻要出发去做探险旅行。他走到窗前看天气，天空还是阴沉沉的，乌云压着山顶。再看园子里，树上的树叶纹丝不动。尽管天气阴郁，小市民兴奋异常，连对彗星的忧虑也差不多一扫而光了。

"我们倒要先看看这个下流坯现在究竟在什么地方，再想办法不让它撞到我们这个地方来。"他想，"不过现在，我最好还是先保守秘密。要是让小长鼻知道了，不知他要怕成啥样子，恐怕他

什么忙也帮不上了。"他对小长鼻大声喊,"快起来,小家伙!我们
马上要出发了。"

市民妈妈起得很早,正在往帆布背包里装东西。她跑前跑后,
一会儿拿羊毛袜,一会儿装夹心面包。市民爸爸这时正在小桥边
整治市筏。

"妈妈,好妈妈,"小市民说,"我们带不了那么多东西,人家
都会笑话我们的。"

"独山里很冷。"市民妈妈说着又塞进去一把雨伞,一只煎锅,
"指南针带上了没有?"

"带了。"小市民回答,"至少,把菜盘子留下吧!我们用大黄
叶子盛着吃也很方便。"

"随你的便,我亲爱的小宝贝。"妈妈说着从背包底里翻出了
盘子,"现在我看一切都准备妥当了。"说罢她向小桥走去,她要在
那里送他们出发。

市筏也已经收拾停当,上面还挂起了帆。丝毛猴也来为他们
送行,他不肯跟他们一起去,因为他怕水。

麝香鼠没有来,因为他不愿打断他对"一切东西都是没有必
要的"这一理论的思考。再加上他对小市民和小长鼻有些气,有
一次他们竟然偷偷地把头发刷子放到床上来捉弄他。

"记住靠河的右边走。"市民爸说,"我倒真想跟他们一起去。"
他若有所思地说了一句,他想起了年轻时与游荡成性的胖哈蒂一

起进行的那次探险。

小长鼻和小市民拥抱了每一个人。缆绳解开了，市筏向小河的下游漂去。

"不要忘了代我向所有家猫族亲戚问好！"市民妈妈高声说道，"就是那满身粗毛，圆脑袋的。冷了穿毛裤！肚痛药粉在背包左边的小袋子里！"

市筏拐过了第一道弯，此刻展现在他们面前的是一幅原始自然风光，迷人又神秘莫测。

已近傍晚，在夕阳映照下呈暗红色的风帆松弛地挂着，河面上一抹银灰色。河两岸影影绰绰一片朦胧，静得听不到一声鸟鸣。就是那轻浮欢乐，成天吱吱叫的苍头燕雀也已归巢，这时小河中水流已经缓慢下来。

"今天一整天，什么惊险的事都没有碰上。"小长鼻说。现在轮到他掌舵，"除了那灰蒙蒙的河岸还是那灰蒙蒙的河岸，有什么险好探。"

"我在想，在弯弯曲曲的河流上航行是最冒险的。"小市民说，"你能知道到下一个河湾会遇到些什么吗？你一直吵着说要碰碰什么惊险场面。小长鼻，就怕你真的碰到了，不知会怕成个啥样。一定是晕头转向，手忙脚乱。"

"那倒是可能的，我又不是狮子。"小长鼻不满地说，"我喜欢小小的惊险场面，不大不小的，正合我的意。"

正说着，市筏开始慢慢地绕弯子了。

"这里马上就要出现正合你意的，不大不小的惊险场面。"小市民指指河湾说。这时他们看见，就在他们的前面，在河岸下的沙地上，躺着一大堆看起来像粗大的灰圆市一样的东西，那些东西，那些圆市也堆成了尾巴星星那种神秘的图样。

"又是那种图样。"小长鼻尖叫起来。

突然，圆市竟然动起来了，而且还伸出了腿。不多一会儿，这一大堆圆市都悄悄地滑到了水里。

"鳄鱼！"小市民喊起来，跳过去抓住了舵，"但愿他们不是过来追我们的。"

整条河好像到处都是这些丑八怪，它们的眼睛露在水面上，闪耀着惨淡的绿光。更多的这种吓人的灰蒙蒙的家伙，正从河岸上向水中慢慢地爬动。

小长鼻坐在市筏的后部，吓呆了，他一动也不敢动。直到有一条鳄鱼把鼻子升起来凑到了他身边，他才不得不拿起浆来狠狠地朝着它的头敲过去。

这真是够惊险的了，你看那些鳄鱼，尾巴像鞭子一样打着水面，张着大嘴，露出锋利的牙齿，愤怒地乱冲乱咬。市筏被冲得危险地上下颠簸，左右摇晃。

小市民和小长鼻牢牢地抓着桅杆，拼着命呼救。幸好这时候刮起了一阵小风，鼓满了帆，市筏开始向下游漂去。鳄鱼在后面跟了长长的一溜，个个凶狠地张着大嘴。

　　小长鼻用手捂着脸，小市民也吓得不知所措，慌乱中从背包里拉出毛裤向那些追赶者扔去。

　　扔出去的毛裤立刻把鳄鱼的注意力吸引了过去，它们疯狂地争抢着、撕咬着。等到毛裤的每一块小片都被吞下时，小市民和小长鼻已经漂下去好几里了。

　　"啊呀！真吓死人了!"小市民说，"有这样的惊险场面，你总该满意了吧?"

　　"你自己不也喊救命了吗?"小长鼻说。

　　"我也喊了吗?"小市民说，"我不记得了。不管怎么说，幸亏妈妈叫我们带毛裤，这真帮了大忙了。"

　　河面上已经暗下来，市筏靠了岸。他们在岸上一棵大树的树根间烧起一堆篝火做煎饼，做好一张就用手指从平底锅里捏出来往嘴里填一张。吃完晚饭后，他们钻进了睡袋，夜幕降临了。

第四章

大 蜥 蜴

一天又一天，天空总是灰蒙蒙的，可又不下雨。柱状云一块接着一块匆匆忙忙地向前滚动着，大地上万物在期待着雨点。小市民和小长鼻坐在市筏上继续向东漂去，越漂越远。太阳老不露脸，他们感到周身不舒适，因而情绪抑郁，也不愿多说。他们一会儿打打扑克，一会儿凑几句顺口溜，一会儿又从河里捉条鱼来放到罐子里玩。但是更多的时间里，他们还是静静地坐着，看那向后逝去的河岸。小市民不时地抬头凝视天上的乌云，想在乌云分开时在缝隙里看到那彗星，可是乌云总是连成一片。

他憋不住想跟小长鼻说，他们这次出来的目的就是想弄清楚彗星这个空中怪物。可是转念又想，这样做有点冒风险，小长鼻一听到这就会惊慌的。

一路上，他们一共遇到胖哈蒂们三次。这些小小的白色小动物，不知为什么总是匆匆忙忙地从一个地方流到另一个地方。他们在那漫无边际的流动中究竟要探索什么，谁也说不清楚。第一次，小市民他们见到他们涉水过河。第二次第三次见他们划着轻舟过河，显得比第一次还紧张，他们以很快的速度前进，可是他们既听不到，也不会说。小市民和小长鼻向他们问好："你们好！"却得不到任何回答。

现在河两岸的景色完全不同了，银色的白杨树、梨树、橡树不见了，只有那些枝叶茂密的，看上去黑油油的树林伫立在那空旷的沙滩上。而远处，一座笔直而陡峭的灰黄色山脉直插天际。

"唉，亲爱的，"小市民叹口气说道，"这条河真是没完没了！"

"再来打会儿扑克牌吧！"小长鼻建议道。

小市民摇了摇头，"我不想打。"他说。

"那么让我来给你算算命。"小长鼻又说道，"在你的命中，很可能会从天上得到一颗闪闪发光的吉星。"

"谢谢，"小市民痛苦地说，"我的星星够多的了，有的不带尾巴，有的还带尾巴呢！"

小长鼻长长地叹了口气，两只手托着下巴颏，闷闷不乐地坐在那里，看着那奇特的风光。过了一段时间，突然，他看到了一个异乎寻常的东西。这个东西像是一个圆锥形黄色冰淇淋纸盒。这是他们一个星期来看到的第一个色彩鲜艳的东西，这个纸盒就放在河边上，顶上好像还有面小旗什么的飘扬。

等到小市民和小长鼻靠近一些的时候，他们清清楚楚地听到了音乐声，而且是支欢快的乐曲。他们兴奋地竖起耳朵听着，市筏慢慢地向声音滑过去。终于他们看清楚了，这是顶帐篷，他们高兴得叫了起来。

音乐声停止了，从帐篷里走出来一个名叫琴鼻子的会唱歌的小动物。他手中拿着一支口琴，绿色的旧帽子上插着羽毛。他喊道："哎嗨！小船！哎嗨！"

小市民抓过舵把，市筏摇晃着向岸边靠过去。

"把缆绳抛上来！"琴鼻子喊着，急切地跳着蹦着，"真没想到！多有意思！跑那么远是来看我的？"

"是的！也不完全是……"小市民边登上岸边说道。

"你们到这里来的目的是来看望我，或者不是，这没多大关系。"琴鼻子答道，"在这荒凉的地方，你们居然也来到了，这使我非常高兴。在这里过夜，怎么样？"

"我们很愿意。"小市民说，"我们离家以后还没见到过一个小动物呢，好像过了许多年似的，你究竟为什么要住在这样一个荒无人烟的地方呢？"

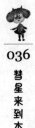

"我是一个徒步旅行家，到处为家。"琴鼻子答道，"我周游四方，我喜欢什么地方就在什么地方扎帐篷，住下来觉得无聊时就吹吹口琴。"

"你真的喜欢这个地方吗？"小长鼻望着周围那荒漠的景象，感到十分惊讶。

"当然喜欢。"琴鼻子说，"瞧那黑色天鹅绒般的树，远远看去灰绒绒的有多好看。再看那远处的山脉，像涂上了一层深紫红色！有时候你还会发现有大野牛到这里来，它们身上灰溜溜的，却还走到河边去瞅自己映在水里的丑模样。"

"你……嗯，恐怕是个画家吧？"小市民迟疑地问道。

"要不，是诗人？"小长鼻猜测地说。

"我啥都是！"琴鼻子边说边放上咖啡壶烧水，"我看得出来，你们是探险家，你们准备考察什么？"

小市民清清嗓子，感到很自豪。"嗯，我们啥都想去考察一番。"他说，"就是天上的星星，也想弄个明白。"

这番话引起了琴鼻子的极大兴趣。

"去考察星星！"他大声说，"我也想跟你们去，星星是我喜欢的东西。睡觉时，我经常躺着看星星，心里琢磨着，谁在星星上呢？人又怎样上去呢？看呀想呀，一直看到睡着为止。天空中有那么多眨巴眨巴的小眼睛，你看它们有多亲切。"

"我们要去考察的星星可不那么亲切。"小市民说，"正好非常凶狠。"

"你说什么?"小长鼻说。

小市民自知说漏了嘴,有点儿脸红。"我是说,天上的星星,"他说,"有大的也有小的,有亲切的也有不亲切的,还有别的什么的。"

"星星也会对我们不亲切吗?"琴鼻子问道。

"是的,那种带尾巴的星就很凶。"小市民答道,"这种凶狠的星就是彗星。"

小长鼻终于明白过来了。"好家伙!你瞒着我!"他责怪地说,"这种带尾巴的星星图样,到处可见,可是你说过,这种图样并不表示什么。"

"你还小,还没有到啥事情都能告诉你的时候。"小市民答道。

"还小!"小长鼻叫起来,"这倒好,我说,你把我带来作探险旅行,可又不告诉我要探什么险!"

"不要小心眼。"琴鼻子说,"小市民,请坐,把这件事原原本本地说出来吧!"

小市民接过琴鼻子递给他的一杯咖啡,坐下来,开始讲述麝香鼠给他讲过的一切。

"当时我问过爸爸,彗星危险不危险。"他继续说道,"爸爸说彗星是危险的,它们就像个疯子,在天外的黑暗空间中左冲右撞,后面还拖着一条燃烧着的长尾巴。所有别的星球都沿着自己固有的轨道运行，就像火车在一定的轨道上运行一样。唯独这种彗星到处乱窜，一忽儿这儿，一忽儿那儿，出现在你无法预料的地方。"

"这个脾气倒有点像我。"琴鼻子说着笑了起来，"彗星一定是个空间旅行家！"

小市民不以为然地看了看他。"没什么好笑的。"他说，"如果彗星真要撞到地球上，那就够你瞧的了！"

"那会怎么样呢？"小长鼻喃喃地说。

"所有的东西都要爆炸！"小市民忧愁她说。

沉默了很长时间。

后来琴鼻子又慢慢地说："地球要是爆炸了，那就太可怕了。地球是多么的美丽呀！"

"我们自己将会怎么样呢？"小长鼻说。

现在小市民反倒觉得轻松多了，他已经把秘密和盘托出。他挺挺身子说道："这就是我们为什么要找独山天文台的原因。独山天文台里有世界上最大的望远镜，在那里我们可以弄清楚彗星是否正向地球冲来。"

"把我的小旗也带上，行吗？"琴鼻子建议道，"可以把它绑在市筏的桅杆顶上。"

他们看了一眼帐篷顶上的旗。"旗上部的蓝色是天空。"他继续说道，"下部的蓝色是海洋，天海之间的那条线是条路，左面的一点是我现在待的地方，右面的一点是我将来要去的地方。你们觉得怎么样？"

"在这面旗上，你不会再有别的什么了吧？"小市民说，"我们觉得不错！"

"可是这上面没有我。"小长鼻说。

"左面的那个点，要是从高一点的地方看，我们三个都在里面了。"琴鼻子安慰他，"我想，现在离吃晚饭还有一段时间，我们还来得及去看点什么。"

于是他们便跟着琴鼻子，小心翼翼地在岩石和荆棘丛中爬上爬下。

"我想领你们去看一个岩石大裂缝，里面有柘榴石。"琴鼻子说，"里面的光线暗一些，这些东西看起来不那么漂亮，但是只要一放到太阳光下，你就会看到，它们是多么的光彩夺目。"

"那些是真柘榴石吗？"小长鼻问。

"那我就不知道了。"琴鼻子答道，"但不管怎么说，它们十分好看。"

他把他们领进了一个深谷，那里静悄悄的，在傍晚的暗淡光线中显得一片荒漠。他们低声说着话，突然琴鼻子停下来了。"到了。"他悄声说。

他们弯腰朝下看去。在一条深深的狭窄的大石缝的底部，无数柘榴石在黑暗中闪着淡淡的红光。这使小市民联想起，在遥远的黑暗空间中，不也有成千上万颗彗星在闪着这样的红光吗？

"啊！"小长鼻压低嗓子说，"美极了！这些柘榴石都算你的？"

"只要我还住在这儿，"琴鼻子漫不经心地说，"我就是这里的大王，我发现的东西都算是我的，整个地球也都是我的。"

"那么你说，我能向你要一些吗？"小长鼻急切地问，"我可以用柘榴石买艘快艇，或者一双旱冰鞋。"琴鼻子大笑起来，说小长鼻想拿多少便可拿多少。小长鼻一听这话立即跳进了夹缝就往下爬。他的长鼻子被擦伤了，还差一点摔一大跤，但一想到柘榴石快到手就顾不得这些了。他终于爬到了底，喘着粗气，用两只微微颤动的前爪，开始拾那些闪光的石头。他兴奋极了，心头怦怦直跳，沿着夹缝一直往里拾去，越走越深，柘榴石堆也越堆越大。

"喂！"琴鼻子从顶上往下喊，"你还不打算上来吗？天凉了，下露水了。"

"马上就上来。"小长鼻从下面往上喊，"还有许多……"他话还没来得及说完便发现在夹缝的黑暗的尽头，有两颗又大又红的柘榴石，像两只大眼睛闪着光，他摸了过去。

突然，他感到毛骨悚然。原来这两颗柘榴石不是别的，却真是两只眼睛。这两只眼睛微微地发着光，向着他移动过来，越来越近。眼睛后面是个披着鳞片的身体，这个身体在石头上摩擦着，发出使人战栗的嘶嘶声。

小长鼻狂叫一声，像发了疯一样地往回逃。他全身发颤，慌忙向上爬去，可是前爪怎么也不听使唤了。而就在这时，那吓人的嘶嘶声已经来到了他的下面。

　　"出什么事了？"小市民叫道，他已听见了小长鼻往上爬的声音，"那样慌干啥？"

　　小长鼻没有回答，一个劲地往上爬。等他们把他拉上来，他已经精疲力竭，站也站不起来了。

　　小市民和琴鼻子都跳到裂缝边上往下看。啊呀！我的天啊！谁见了都会害怕，原来是一条大蜥蜴。它伏在那堆闪光的柘榴石上，就像一条令人生畏的巨龙，守护着它的漂亮的宝贝一样。

　　"啊呀！吓死人了！"小市民叫道。

　　小长鼻躺在地上，一个劲地呜呜直哭。

　　"危险已经过去。"琴鼻子说，"别哭了，小长鼻。"

　　"那柘榴石，"小长鼻哭着说，"我一个也没有带上来。"

　　琴鼻子在他身旁坐下来劝慰他说："我知道，什么人越贪心，就越会有什么东西来教训他。你看我，见着那些柘榴石毫不动心，只是看上几眼。走的时候装在脑子里就行了，也不必带个手提箱什么的。我两手空空，有多自在。"

　　"那些柘榴石要能装在背包里带走该多好啊！"小长鼻悲伤地说，"你不想拿，因为你不需要它们，只要看看就行。我不一样，我喜欢什么都要弄到手，这些柘榴石只有拿到手我才安心。"

"不要伤心了，小长鼻，我们一定会找到别的宝贝的。"小市民安慰他说，"好了，提起精神来走吧，外面已经凉飕飕的，怪吓人的。"

　　就这样，这三个心情抑郁的小动物，各自想着各自的心事，穿过已经暗下来的深谷往回走。

第五章

地 下 河

　　琴鼻子的加入，给小市民与小长鼻探险旅行增添了不少欢乐，他能用口琴吹奏世界各地的乐曲，这些乐曲他们以前从来没有听到过。他还能用扑克牌变各种戏法，他能做各式薄煎饼，他有许多有关他自己的精彩又奇特的冒险故事。木筏上活跃起来了，小河也显得更有生气了，现在河道逐渐窄起来了。水流夹在两边高高的河岸中，绕着岩石和巨砾，打着漩涡，急匆匆向前流去。

　　那些蓝色的和紫色的山脉一天比一天近，它们高高的山峰不时被淹没在滚动的浓云之中。

　　一天早晨，琴鼻子坐在木筏上，一边自由自

在地晃动着伸进水里的脚，一边忙着刻一支笛子。"我记得。"他歪着头开始说，小市民和小长鼻立即竖起耳朵，"我记得那个有温泉的地方，大地盖着一层熔岩，熔岩下面不断地响着一种咕咕嘟嘟的声音，这大概是地球在睡梦中翻身的声音。零乱的岩石东一块西一块，在水汽荡漾中一切看起来都是那样奇特，好像都是飘飘忽忽的假东西。我是傍晚到那里的，做晚饭没有费多少时间，只是把锅往一个温泉口上一架，就什么都做成了。那里遍地翻水泡，处处冒蒸汽。就是见不到一个活着的东西，连个草片片都没有。"

"你的脚烫伤了没有？"小长鼻问。

"我是踩着高跷走路的。"琴鼻子答道，"这种东西用来爬山也不错。记得有一次，沉睡的地球突然醒过来了。一阵轰鸣之后，有个山口就在我前面冲开了，红色的火焰，巨大的烟灰云直射天空。那次要是没有那些高跷，我就寸步难行了。"

"火山爆发！"小市民说着屏住了呼吸。

"是的。"琴鼻子说，"这景象真吓人，可也非常壮观。我还看到了一种火妖。许多许多火妖，从地底下涌了出来，像火花那样在空中狂飞乱舞。当然了，我只能绕过火山走。那里的气温高极了，我踩着高跷以最快的速度往前走。下到半山腰，过了一条小溪，我感到奇怪的是那里的水是凉的。就在这时候，发生了一件很有趣的事。正当我趴到小溪上喝水时，有个小火妖飘下来掉进了水里。他很快就要熄灭了，可还有一点点气力向我呼救。"

"你救他没有？"小长鼻问。

"当然救他了，我不会轻易抛弃一个生灵的。"琴鼻子说，"可是当我去捏他时，却把我的手给烧伤了，我把他救到了干地上。慢慢地他恢复了常态，又烧了起来。不用说，他非常感激我，他给了我一样礼物后就飞走了。"

"什么礼物？"小长鼻激动起来，问道。

"一瓶防烫油。"琴鼻子答道，"地球中心的温度高极了，那里的熔岩在燃烧。火妖们在钻进去之前，身上都要涂这种油。"

"在身上涂上这种油，就能在火中行走吗？"小长鼻问，他吃惊得瞪圆了双眼。

"当然能。"琴鼻子答道。

"你为啥不早说？"小市民叫起来，"这下好了，我们都有救了。如果彗星真的来了，我们只要把这种油往身上一涂……"

"可是剩下不多了。"琴鼻子懊丧地说，"我去沙漠旅行了几次，用了一大半。有次房子着了火，我去救火时又用了一些。我不清楚还剩……唉！现在……瓶里只剩一小滴了。"

"大概够一个小动物用吧，比如说，像我这样大小的小动物够吧？"小长鼻说。

琴鼻子看看他。"也许，"他说，"只够涂满你的尾巴尖。"

"哎哟！救救我吧，给我一点。"小长鼻喊道，"要不，我就只能等死了。"

琴鼻子没有理他，他皱着眉头看看小河。"听，"他说，"有一种奇怪的声音，你们听到没有？"

"河上有一种新的声音。"小长鼻说。

不错，现在河的两岸都是岩石，水流夹在中间奔腾而下。它拍打着岩壁，打着旋涡，发出可怕的吼声。

"把帆降下来。"琴鼻子一边命令着，一边走到前边去察看。只见河水翻滚着，流得更急了。就好像一个人一样，在走了很长一段时间的路以后，突然发现该吃饭了，于是便加快了步伐急匆匆地往家赶。现在河道更窄了，两岸的岩石又高又陡，几乎锁住了去路。河水迸溅着泡沫，挨挨挤挤的向下冲去。

"我们还是在这里上岸吧！"为了盖过水的吵声，小长鼻喊着说。

"已经晚了。"小市民叫着回答道，"我们现在只能随着水流往下冲，等到水流平稳了再说。"

但是水流并没有出现平稳迹象，船很快地被带进了独山山脉的群山之中。此时河两岸矗立着的是又潮湿又阴暗的石头山，头顶上，两个山峰夹着的一线天，变得越来越窄。

前面什么地方传来了哗哗的响声，"瀑布！"琴鼻子叫起来，"抓住桅杆！"

他们三个紧紧地抓牢桅杆，闭上了眼睛。哗啦啦，接着轰隆一声，溅起一大堆浪花。他们淋了一身湿……一切平静下来了，他们闯过了瀑布。

"啊呀！真吓死人。"小市民大声说。

一下子暗得伸手不见五指。只有水面上星星点点泛着浅绿色的泡沫还隐约可见。慢慢地，他们的眼睛适应了黑暗。这时他们看到，头顶上的一线天不见了，两边的石壁已经在上面连成一片，他们掉进了地下河。

地下河向前伸展着，越来越小，真像是在梦境之中。现在水倒是平稳了，可是里面阴森森黑洞洞的，着实令人恐怖。

"事情有些不对头呀！"小市民说，"看样子我们是在往地下钻，而不是向山上走。"

这一情况小长鼻、琴鼻子也看出来了，他们坐下来，沉默了好大一会，琴鼻子才开口说：

"大家听我作首诗来描写一下这个情景，怎么样？诗云：

可怕的水呀，

湍湍急流！

温暖的家呀，

遥遥万里。

小长鼻捏了捏自己的鼻子补充了一句：

见了美人鱼，

可惜没捉住。

"没有那事，而且这样说不合语法，也不押韵。"琴鼻子说。小长鼻插上这两句，把琴鼻子的诗兴全扫光了。

地下河拐了一两次弯，更窄更暗了，市筏不时地撞着石壁。他们都拿起背包准备好万一发生什么情况，就……又碰了一次，这一次把桅杆都撞倒了。

"琴鼻子，"小市民压低嗓子说，"桅杆被撞倒了，这说明什么，你知道吗？"这表明，要么头顶上的拱顶低了，要么水面高了，再这样下去整个地下河水就会充满整个隧道。

"把桅杆扔到水里！"琴鼻子喊着从桅杆上拔下他心爱的小旗，"现在，桅杆没有用处了。"

又是一段时间的沉默与等待。

地下河上开始有了一丝儿亮光，他们已能看清对方苍白的脸。

突然，小长鼻喊起来："啊呀！我的耳朵碰到顶了！"接着他又狂叫一声趴倒在市筏上。

"如果我们永远回不去的话，"小市民说，"妈妈又会怎样呢？"

正说话间，市筏嘎的一声停住了，他们三个一齐倒了下去，叠成一堆。

"我们搁浅了。"小长鼻大声说。

琴鼻子探身到边上去察看。

"桅杆顶着了。"他说，"扔到水里的桅杆横着撑在隧道里了。"

"好险哪！数我们命大，逃过了这场灾难！"小市民的嗓音都发颤了。他们看见，就在他们前面，河水汩汩流进了一个黑咕隆咚的大洞，钻到地下不见了。

"像这种样子坐在船上探险，我已经够了。"小长鼻沮丧地说，"我想回家！总不能待在这里打一辈子扑克牌……"

"你这个傻家伙。"琴鼻子说，"还想回家，现在只有出现奇迹我们才能得救，你抬头看看！"

小长鼻抬起头来，从隧道的石头缝里看见了一小片云天。

"糟了，只有鸟儿才能飞出去。"他悲哀地说，"我小时候得过耳炎，经常头晕，现在我又犯病了，头晕眼花的，怎么能从那里钻出去呢！"

琴鼻子却掏出了他的口琴，吹起了欢快的探险曲（不是那首《迷人曲》，而是《惊险曲》）。乐曲吹出了惊险、救援和欢乐的旋律。小市民吹口哨作和声（他不会唱，口哨却吹得十分动听）。最后，小长鼻子也用他那刺耳的假嗓子参加进来。虽然听起来不太和谐，但倒也有些激动人心。他们的歌声在隧道中回响，透过石缝冲出了洞顶，吵醒了正在顶上睡觉的一只爱默族动物。他是到这里来捉虫的，身边还放着一张捕蝶网呢。

"是什么声音？"爱默惊醒过来，吁了口气说，他看了看他的大口瓶。他捉住的小东西都在里面好好的，一点声音也没有呀！

这声音是从地底下冒出来的？

"奇怪！"爱默说着趴在地上听起来，"一定是种稀有的毛毛虫在叫，我得把它找出来。"

他匍匐着爬到东，爬到西，用他那大鼻子嗅呀闻呀。他爬到了一个洞口。唔，这里的声音最大。他把头伸进去，一直伸到不能再伸，但洞里黑洞洞的，什么也看不见。可是洞下面的那一帮子却借着上面的亮光看见了他的影子，歌声立即停止，紧接着响起一阵狂喊声。

"那些毛毛虫发了疯了。"爱默说着把捕蝶网伸进洞里。

不用说，小市民他们三个不失时机地带着他们的东西一个个跳进了网里。当爱默把那沉重的一网东西拖上来倒到地上时，他惊呆了，原来是三只古怪的小动物。他们在阳光的刺激下不停地眨着眼。"真稀奇！"爱默说。

"非常感谢你，爱默叔叔。"小市民第一个恢复过来，他对爱默说，"生死关头你救了我们。"

"我救了你们？"爱默惊奇地问，"可是我本来并没有想到是在救你们，我是在捉下面吵吵闹闹的毛毛虫呢。"爱默部落的动物在领会别人的意思时总是有点慢，可是只要不打扰他们，他们总是乐呵呵的。

"这里是不是独山？"小长鼻问。

"我不知道。"爱默说，"不过这里有趣的蛾子倒是不少。"

"我想这里就是独山了。"琴鼻子一边说，一边眺望着那一眼望不到头的荒漠凄凉的岩石群，这些岩石群零乱地散布在山上，这里的空气也是冷飕飕的。

"天文台在哪里呢?"小长鼻问。

"我们去找去。"小市民说,"我相信,一定在最高峰,不过我还是想先喝点咖啡再走。"

"咖啡壶忘记在市筏上了。"琴鼻子说。

小市民太爱喝咖啡了,听到咖啡壶忘记在市筏上急得赶忙向洞口冲去往里看。

"啊呀!我的宝贝!"他感到伤心。市筏已经不见了,恐怕已经掉进那个可怕的水洞里头了。

"还算好,我们已经离开了市筏。"琴鼻子愉快地说,"我们是出来找彗星的,有没有咖啡壶算个啥。"

"你们找的'彗星'是不是稀有品种?"爱默问,他以为他们在谈论蛾子呢。

"是的,可以说是。我想,你可以把它称作稀有品种。"琴鼻子回答说,"要知道一百年才有一次呀!"

"好极了!"爱默喊起来,"那我一定得想办法逮一只,看一看是什么样子的?"

"大概是红的,还有一个长尾巴。"琴鼻子回答说。

爱默拿起笔记本来把它记了下来。"这一定是个稀有品种蛾子。"他认真地说,"还有一个问题,我的博学的朋友们,这种珍奇的昆虫是以什么为生的?"

"以爱默动物为生。"小长鼻说着咯咯地笑起来。

爱默气得涨红了脸。"小家伙",他严肃地说,"拿我开玩笑,我对你们的科学知识很是怀疑。那好,我走。"说着他把大口瓶放进了口袋,拾起了捕蝶网,蹒蹒跚跚地走开了。

爱默走远了,估计他听不见了时,小长鼻笑得更厉害了。"多有意思!"他又爆发出一阵大笑,"这个老家伙以为我们在讲虫子呢。"

"不尊敬老人是不对的。"小市民严肃地说,但也没有完全板起面孔。

天色已经不早,他们以最高峰为目标出发了。

第六章

独山天文台

时已傍晚，只见那古老而笔直陡峭的山峰被雾霭掩盖，隐隐约约，似在梦幻之中。雾气好似条灰白色纱带，在峡谷深渊之间飘忽缭绕，偶尔在薄雾间也绽开一丝缝隙。在这缝隙之中便露出了那陡峭的岩壁，岩壁上可看到那秘密记号——带尾巴的星星。

远远看去，在一个山岭下，有一个针孔那么大的亮点。要是走近了看，那是一个小小的亮着灯的黄绸帐篷。现在从帐篷里正传出琴鼻子的口琴声，这欢乐的乐声与这荒凉寂寞的景色极不和谐，听起来确是感到有些奇特。在不远的地方，有只鬣狗听到了这乐声，仰起头来惊愕地哀号了几声。这哀号声惊醒了帐篷中的小长鼻，他被吓得紧张不安。"那是什么在叫？"他气吁吁地说。

"噢，别害怕。"琴鼻子叫他放心，"想听故事吗？我跟你讲过这个故事没有？几个月前我遇到过斯诺尔克部落的动物，他们身上的颜色会变。"

"没有，"小市民急切地说，"斯诺尔克动物是什么样的动物？"

"你真不知道斯诺尔克动物是什么吗？"琴鼻子惊讶地问，"我想，他们大概与你同属一个科，因为他们的样子和你们一个样。只有一个地方与他们不同，就是他们身上的颜色不是白的，而像复活节的彩蛋那样，五颜六色，还有，当他们遇到什么麻烦的时候，就会改变身上的颜色。"

小市民生气了，"是这样吗？"他说，"可我从来没有听说过我们这一科里有那样一个分支。真正的市民科动物经常是白色的，会变颜色，算什么话！"

"不过，不管怎么说，那些斯诺尔克动物跟你们很像。"琴鼻子心平气和地说，"有一个是浅绿色的，另一个是紫红色的。我从监狱里逃出来时碰到他们……也许，你们不爱听这样的故事吧。"

"不，不，我们爱听。"小长鼻尖着嗓子嚷起来，小市民只是哼哼了几声。

"好，我讲，事情是这样的。"琴鼻子开始了他的故事，"有一次在瓜地里我摘了一只西瓜来吃。那片地里长满了西瓜，我寻思，那么多瓜，多一个少一个不当紧。可就在我张嘴往下咬的当儿，从附近的房子里走出来一个又丑又脏的老头子，他对着我吵起来。我听了一会，觉得再听那么多的脏话花不来。于是我推着西瓜（瓜太重拿不动）沿着小路往前滚。嘴里吹着口哨，好让我的耳朵里不再灌进那脏老头的骂人话。他喊起来了，说要去叫警察来追我，我对他做了个鬼脸。你想想看，我哪里会把警察放在眼里！"

"你的胆子真大！"小长鼻十分羡慕，他低声说。

"我怎么也没有想到，"琴鼻子说，"现在你们要听仔细，这个丑八怪老头竟然就是警察！他冲到房子里，穿上了制服，向我追过来。我跑呀，跑呀。西瓜滚呀，滚呀。我越跑越快，西瓜也越滚越快。到最后我和西瓜滚成一团，不知哪是瓜哪是我了。"

"就这样，你被抓进了监狱，是吗？"小市民说，"也正是在那个地方，你碰到了那些你叫他们为斯诺尔克的动物，是吗？"

"不要打断我！"琴鼻子说，"下面我就讲。我蹲的牢房又寒冷又恐怖，墙上挂满了蜘蛛网，墙角尽是老鼠洞。在一个没有月亮的夜晚，我逃出了监狱，就在监狱外面我遇到了斯诺尔克兄妹。"

"你是不是先把床单搓成绳，再用这根绳从窗户上吊着爬出来的？"

"不是的，我是用开罐头的小刀在地上掘洞。"琴鼻子说，"有两次，我太性急，挖的洞太短。第一次爬上去一看，正好在

卫兵的背后，第二次还没有出监狱墙，我爬下来接着再往前掘，第三次爬出洞来一看，是片萝卜地。真遗憾，为什么不是西瓜地呢？斯诺尔克和他的妹妹正在附近的一条小溪里用他们的尾巴钓小鱼呢。"

"我从来没有想过要用自己的尾巴钓小鱼。"小市民说，"大家都该珍惜自己的尾巴，后来呢？"

"噢，我们在一起待了好几个小时，吃着小鱼，喝着立金花酒，庆祝我从监狱脱险。"琴鼻子答道，"妹妹斯诺尔克姑娘身上是淡绿色的，真是漂亮呀！她一身蓬松毛，一对蓝眼睛炯炯有神，她会编草席。要是你肚子痛，她还会为你调制镇痛药草饮料，她经常在耳朵后插上一朵花，脚脖子上带着金脚镯。"

"算了，算了，又是关于姑娘的故事！"小市民嘲弄地说，"老掉牙了，还有没有别的什么听了叫人高兴的故事？"

"难道我从监狱里逃出来这个故事，还不叫人高兴吗？"琴鼻子说着吹起了口琴。

小市民从鼻子里哼了一声，爬进睡袋，翻过身来脸朝别处。

那天晚上，他梦见了与他自己长得很像的那个斯诺尔克姑娘。他献给她一朵玫瑰花，插在她耳朵后面。

第二天早晨，他一坐起来就自言自语地说："做这样的梦有多愚蠢！"

别的人已开始拆帐篷了，琴鼻子宣告，他们今天就可到达最高峰。

"你能保证天文台就一定在最高峰吗？"小长鼻一边问一边伸长脖子往上看，可是啥也看不着，山顶正淹没在云雾之中。

"这个吗，用不着我保证。"琴鼻子答道，"你只需要看一看地上就可以知道。你看，这里到处都是烟头，这一定是那些专心致志的科学家随便从山顶上的窗户里扔下来的。"

"噢，我懂了。"小长鼻说。但他显得有点懊丧，他想，为什么我就不能从这些烟头里看出问题来呢？

他们开始沿着曲曲弯弯的山路向上攀登，为了安全，他们相互间用绳子连着。

"不要忘了我说的注意事项。"走在最后的小长鼻喊道，"要不，出什么事别怪我。"

山越来越高，路越来越陡。

"哎呀！"小市民擦去额上的汗水说，"妈妈还说这里冷，谢天谢地幸亏鳄鱼把我的毛裤给吃了！"

他们收住脚步回过头来看下面的山谷，感到自己在那绵亘的山脉中显得是多么渺小而又孤独啊！这里可以看到的唯一的有生命的东西就是那只在天空展翅盘旋的鹰。

"这只鸟好大啊！"小长鼻叫起来，"可只有它一个孤零零地在这种地方飞来飞去，我都为它惋惜。

"我想，这里不只是它一个，一定还有一位鹰夫人在这个地

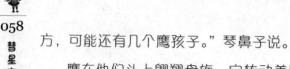

方，可能还有几个鹰孩子。"琴鼻子说。

鹰在他们头上翱翔盘旋，它转动着脑袋，两只眼睛闪着寒光，强有力的鹰嘴带着锐利的钩。突然间，它展开翅膀，悬浮在空中不动了。

"我感到纳闷，这鹰停在那里不动想干什么？"小长鼻说。

"我不喜欢它那副长相。"小市民焦虑地说。

"也可能……"琴鼻子刚开口说，突然狂叫起来，"看哪！鹰扑过来了！"

他们一齐扑倒在岩石上，慌乱地四处找藏身的地方。鹰急剧地扑动一阵翅膀，朝着他们猛冲过来。这时，他们挤到了一个石缝里，绝望地紧紧抱在一起，眼看着鹰马上就到了。

这真像一阵旋风，一时间他们被鹰的那两只猛烈扑击岩石的巨大翅膀盖住。但不多一会儿，一切又都平静下来了。

他们吓得骨头发酥，从躲藏的地方偷眼向外张望。只见那鹰这时已冲到了他们脚下的山谷中，在作半月形飞翔，接着又向上飞去，然后消失在山峰之间。

"它没有捉到我们，一定会感到羞愧。"琴鼻子说，"鹰是最骄傲的鸟类，它不会再来了。"

小长鼻掰着指头算起来："鳄鱼、大蜥蜴、瀑布、地下河、鹰，我们已经经历了五次惊险场面了，恐怕，以后单调生活又要开始了。"

"还有一次最最惊险的事情在后头呢。"小市民说，"彗星就是那最后一次。"

他们不约而同地抬起头来看那蔚蓝色的天空，他忐忑不安地说："来，我们走吧！"

中午时分，他们爬到了伸手便可摸到云雾的地方。山路又险又滑，潮湿的雾在他们周围缭绕。这里冷得要命（小市民又想起了他的毛裤），一切都淹没在可怕的虚无缥缈之中。

"过去我一直认为，云彩一定像羊毛一样软乎乎的，钻到里面一定很舒服。"

小长鼻一边打喷嚏一边说："哈嚏！我悔不该跟着你来探这个倒霉的险。"

突然，小市民停下来不走了。

"等等"，他说，"那里有个什么东西在闪光。

亮晶晶的……是钻石在发光。"

"一定是钻石！"小长鼻叫起来，他最喜爱宝石了。

小市民又向前迈了几步，后面的两个，也跟着连着他们的绳子向前迈了几步。"是个金脚镯。"他终于看清楚了。

"当心！"琴鼻子喊起来，"那是悬崖边！"

可是小市民没有理会，他慢慢地爬到了悬崖边，伸长了身子向下去够那个金脚镯，琴鼻子和小长鼻在后面把绳子拉得紧紧地，还够不着，小市民又向下爬了爬，终于抓到了那个金脚镯。

"你们说，这会不会是斯诺尔克姑娘的?"他问道。

"是的，一定是她的。"琴鼻子叹口气说，"看来，她从这里掉下去了。这么一个年轻漂亮的姑娘，多可惜！"

小市民难过得一句话也不想说，他们悲伤地接着向山顶上爬。

云雾稀起来了，气温也暖和了一些。他们在一块岩石顶上停下来休息，默默地凝视着在他们周围缭绕的灰色雾气。突然间，雾气形成了团团，滚动着离去了。终于，这三个疲惫不堪的旅行家，看清了他们待的地方是个什么地方了。这里的景色简直使他们目瞪口呆，一片云海就在他们脚下，看上去是那样的柔软，美丽，他们差一点就要跨出岩石一头扎下去，在云海中跳舞了。

"我们现在到了云的上面了。"琴鼻子郑重地宣布道。再看那天空，在被云彩长时间遮盖以后突然又露了脸，显得是那样的美丽，他们转着身子看了一圈。

"瞧！"小长鼻低声说。他心里有些害怕，"从这里看，天空不是蔚蓝色，竟是淡红色！"

"也许是因为太阳快要下山了。"琴鼻子疑惑地说。

但是小市民表情严肃地说："不对，恐怕这是彗星放的光，它现在正朝着地球冲过来呢。"

就在他们头顶上那个凹凸不平的山峰上，天文台伫立在那里。就在这个天文台里，科学家们寂寞地伴着星星生活着。他们吸了成千上万支纸烟，也做了成千上万次成功的观察。

他们默默地走上了山顶，来到天文台前。小市民推开了门，里面有一个楼梯，他们顺着楼梯往上走，来到了一个有玻璃房顶的高大房间的门口。房间中央放着一架巨大的望远镜，它慢慢地转动着，观察着天空。有一架机器一直在簌簌作响，两位教授在忙碌着，一会儿拧拧螺丝，一会儿按按开关，一会儿又做做记录。

小市民轻轻地咳了一声，毕恭毕敬地打了声招呼："您好！"可是科学家们都没有注意到他们。

"今天天气真好！"小市民稍稍提高了嗓子说，可是还是没有反应，于是他只好走过去胆怯地碰碰教授的胳膊。

"先生，我们走了几百里来看你。"他说。

"怎么搞的！你们又来了！"教授大声说。

"请原谅，"小市民说，"我们是第一次来。"

"那么说，刚才有一对夫妇太像你们了。"教授喃喃地说，"到这里来的人成群……我们没有时间，你要知道简直是一点时间也挤不出来。彗星是九十三年以来大家最感兴趣的东西。好了，你们想要知道什么或想要做些什么，快说吧！"

"我只是想……想知道……以前来过这里的小动物中间，"小市民结结巴巴地说，"我想，在他们中间有没有一个娇小的叫作斯诺尔克的动物姑娘……她身上是淡绿色的……全身蓬松毛……可能耳朵后面还插有一枝花……"

"你的说法太不科学了。"教授不耐烦地说，"我什么都不记得，只记得刚刚倒是来过一个饶舌的小姑娘，一直跟我唠唠叨叨，说什么丢了一个小玩意儿。好了，现在你走开吧！你已经浪费掉我四十四秒钟了。"

小市民紧张不安地退了出来。

"怎么样？"小长鼻说，"彗星正往这里飞吧。"

"什么时候到这里？"琴鼻子问。

"啊呀！我是怎么搞的，把主要问题给忘了。"小市民嘟嘟囔囔地说着脸红了，"可是那个斯诺尔克小姑娘倒是来过这里，她还活着呢，她没有从那个悬崖上摔下去。"

"唉！我该怎么说你呀！"琴鼻子发火了。"我真不懂你！"小长鼻说，"过去我总认为你对姑娘是不感兴趣的，这可倒好，不说了，让我去问。"他匆匆地来到另一个教授跟前。"请问我能不能看看你的望远镜呀？"他很有礼貌地说，"我对彗星很感兴趣，你的事迹我都知道，你在这里做出了许多重要发现。"

教授很是满意，把眼镜推到额头上。"现在就想看吗？"他说，"那就过来看吧，我的小朋友。"

他为小长鼻调整好望远镜，要他往前走一走。小长鼻刚开始看时，感到有些紧张害怕。他从望远镜中看见天空是黑沉沉的。巨大的星星在闪烁，好像是些有生命的东西。再往远处看，有一个东西在闪着红光，活像是只凶恶的眼睛。

"那是彗星吗？"他低声说。

"是的。"教授说。

"可是它怎么不动呀！"小长鼻疑惑不解地说，"而且也没有看到什么尾巴呀！"

"它的尾巴拖在后面呢。"教授解释说，"它是照直向地球冲来，所以看起来好像不动，但是你可以看到，它一天比一天大。"

"什么时候到地球呢？"小长鼻边说边透过望远镜目不转睛地盯着那个小红点。

"根据我的计算，十月七日下午八点四十分彗星将击中地球，也可能比这晚四秒钟。"教授说。

"到那时地球上将会怎么样呢？"小长鼻问。

"会怎么样？"教授惊奇地说，"嗯，关于这，我还没有仔细研究过。但是我将做出记录，这点你可以相信。"

"先生，今天是几号，你能告诉我吗？"小长鼻问。

"十月三号。"教授答道，"六点二十八分。"

"那么说，我想我们应该走了。"小长鼻说，"谢谢你的帮助。"

小长鼻洋洋得意，神气活现地回到了他的同伴那里，

"我和教授做了一次非常有趣的谈话。"他说，"我们一起得出了结论：彗星将于十月七日下午八点四十分掉到地球上，也可能比这晚四秒钟。"

"要是那样的话，我们得赶紧回家了。"小市民焦急地说，"只要我们赶在彗星前面到家告诉妈妈，那就不要紧了，妈妈会有办法的。"

他们离开了天文台，踏上了回家的长长的旅程。

天渐渐黑下来，抬头看天空，万里无云，那个可怕的红光也就更明显了。低头看山谷，河像一条带子般伸向远方，一片片树林隐约可见。

"我早就想离开这倒霉的石头世界了。"小长鼻说，"在这种地方，即使是诗人，也会感到腻烦的。"

"我真想知道斯诺尔克兄妹是在什么地方过夜的。"小市民说，"我要把金脚镯交还给那个可怜的姑娘。"说着他加快了步伐，越走越快，别人差不多快追不上了。

第七章

彗星出现在天空

十月四日黎明，晴空万里，但是当太阳冉冉升起到山顶之上，把天空染成一片红色时，却出现了一缕奇怪的阴霾，遮住了太阳。这一夜他们没有停下来搭帐篷住宿，而是走了整整一个通宵。

小长鼻有只脚上打了个水泡，他嘴里不停地嘟嘟囔囔。

"喂，你不会光用那只好脚走。"琴鼻子说。可是这也无济于事。终于，小长鼻忍不住了，他不肯再往前挪动一步。

"哎哟！"他呻吟着，"我头也晕，眼也花。"

他干脆躺倒在地上了。

"我们得赶紧走。"小市民说,"我还得尽快地找到那个斯诺尔克小……"

"我知道,我知道你要找……"小长鼻打断他,"你那位斯诺尔克小姑娘,但这关我什么事,我周身难受,我觉得我生病了。"

"我们等他一会儿,不行吗?"琴鼻子说,"我们可以一边等一边玩滚石头游戏,你玩过这种游戏吗?"

"没有。"小市民说。

琴鼻子找来了一堆大的圆石。"你拿住一块。"他说,"这样拿,再用力把它滚到悬崖边。对,就这样。石头到了悬崖边就向下滚。"他喘着气,"你看,滚下去了。"

他们站在悬崖边伸头向下张望。只见那块圆石一路上噼噼啪啪响着往下滚,带起来的小石头像雨点一样往下掉,回声久久地在山谷中回荡。

"真好玩!"小市民叫起来,"我们再来一次!"于是他们又把一块大圆石滚到了悬崖边,大圆石到了崖边晃动了几下没有滚下去。

"嗨呀!推!"琴鼻子喊着,"嗨呀!推!"

轰隆一声圆石掉下去了,可是,吓死人了!小市民用力过猛来不及缩回来。琴鼻子刚刚醒悟到这会出多大的乱子,说时迟,那时快,小市民已经摔倒在崖边上,然后跟着大圆石一起溜下了悬崖。

要不是腰上缠着绳子，现在世界上，市民部落恐怕已经又少了一个了。琴鼻子赶忙扑倒在地上，支撑着自己的身体，准备拉绳子。啊哟，这真是要命的一拉，琴鼻子好像从腰间被切成了两半。

小市民挂在绳子上来回摆动着，他太重了。

琴鼻子被一点点地拖向悬崖边，在他的身后绳子也拉紧了。绳子的那一头是拴着小长鼻的，他也开始感到绳子在拉他了。"别拉！"他叫道，"让我一个人在这里待一会儿，我是病号！"

"还不赶快拉绳子，要不你也马上就完了。"琴鼻子说。

就在这时，从悬崖下面传上来小市民的声音："救救我，把我拉上来！"

小长鼻终于明白过来了，他知道出什么事了，他吓得连自己的病痛也忘了。他慌乱地挣扎着，把绳子紧紧地缠在自己身上，缠到一切可以缠到的东西上，一直缠到结结实实地拉不动，琴鼻子可以拉着绳子往回爬为止。

"我喊拉，你就拉。"他对小长鼻说，"一，二，拉！"他们用了吃奶的力气使劲往上拉，拉呀拉，一直拉到小市民露出了悬崖边，先是露出耳朵，然后是眼睛，一点点鼻子，整个鼻子，最后是全身。

"啊呀！吓死人了！"小市民叫起来，"我原以为我再也见不着

你们俩了。"

"要不是我，你早就完蛋了。"小长鼻洋洋得意地说。琴鼻子瞪了他一眼，却没有说什么，他们三个便坐下来休息。

"我们干了蠢事了。"小市民突然说。

"干蠢事的只有你自己。"小长鼻说。

"简直是犯罪。"小市民没有理会他，只管自己说，"我们滚下去那么多石头，就不会有一块砸着斯诺尔克小姑娘?"

"要是砸着了，那她就躺在那里永远也起不来了。"小长鼻无动于衷地说。

小市民非常担忧。"好了，不管怎么说，我们得走了，把彗星忘了可不好。"他沮丧地说。

他们继续赶路，沿着山坡往下走。头顶上，在淡红色天空的映衬下，太阳放着惨淡的白光。

在山脚下，有条清澈见底的小溪，在许多大岩石中曲折穿行，小溪的河床全是沙子。爱默大叔坐在小溪边，两只疲劳的脚泡在水里，一个人在独自叹气。在他身旁放着一本大书，书名是《东半球蛾类及其习性与不正常行为》。

"奇怪!"他喃喃地说，"没有一只蛾子有红尾巴。这本来可能是有尾蛾类，可现在没有一只是有尾巴的。"他又叹了口气。

就在这时，小市民、琴鼻子和小长鼻从石头后面走了出来，意外地出现在爱默叔叔面前，并向他问好:"您好!"

"啊呀！把我吓了一跳！"爱默叔叔大声说。

"看样子还是你们三个，今天早晨那响声太可怕了。我想，这里大概又发生了一次山崩。"

"你在说什么呀？"小长鼻问。

"我说这里又发生了一次山崩。"爱默叔叔答道，"太可怕了！房子那么大的石头，像下冰雹一样往下滚！我的一个最好的大口瓶被砸烂了，我也只好躲开。"

"我们从上面过来的时候，就不兴有几块石头滚下来吗？"琴鼻子说，"在这样的路上走，找几块石头滚下来是非常容易的。"

"你的意思是这次山崩是你们搞出来的？"爱默叔叔说。

"嗯……是的……有点像。"琴鼻子答道。

"你们这一帮，我上次就认为不怎么样。"爱默叔叔慢慢地说，"现在我更觉得没法说了。以后，我再也不愿跟你们打交道了。"他转过身去，往疲劳的双脚上泼了点水。琴鼻子他们不知该说什么好了，只好默默地站着，过了一会儿，爱默叔叔回过头来看了看他们，说道："怎么你们还没走？"

"我们马上就走。"小市民说，"可是走之前我觉得我应该问一问你，天空的颜色有些反常，你是否注意到了？"

"天空的颜色反常？"爱默叔叔没有注意到这一点，只好问道。

"是的，"小市民说，"这就是我想要对你说的。"

"我为什么要注意天空的颜色呢？"爱默叔叔说，"可能会出现什么不干净的颜色，但这又与我有什么关系呢？我几乎没有朝天上看过一眼。我担忧的是美丽的山间小溪快要干了，如果再这样下去，过不了多久，我就不能再在这里泡我的脚了。"

他又转过身去，一会儿自言自语地嘟嘟囔囔，一会儿又高声大喊。

"走吧！"小市民说，"我看最好还是让他一个人待在这里。"

地上铺着一层厚厚的地衣和苔藓，走起路来感到软绵绵的。一些害羞的花朵，不时地伸出头来窥探。往山下看，是一片密密的森林，好像一块黑色的地毯铺在下面。

"我们就照直朝你们那个百花盛开的山谷走吧！"琴鼻子说，"因为我们必须在彗星到来之前赶到那里。"

小市民看了看指南针。"我看这东西大概出毛病了，"他说，"指针就像水面上的小鱼一直在游动。"

"我猜想，这是彗星引起的。"小长鼻说。

"指南针算失灵了。"琴鼻子说，"我们可以根据太阳的位置来确定方向。"

他们又走了一阵，来到了一个小湖面前。这个小湖好像是个很深的石头盆，里面装着半盆水。盆壁又陡又高，要想走下去游泳都很难。湖里的水位降了许多，但降的时间并不长，你看那长在盆壁四周的一圈野草和蒲草虽然离水面已有一两米，但看上去还是湿漉漉的。

"真有意思。"琴鼻子皱着额头说,"你看这湖水,不几天就落下那么多。"

"湖底可能有个洞,"小长鼻说,"水是从那里流走的。"

"刚刚爱默叔叔洗脚的那条小溪,不是水也少了吗?"小市民说。

小长鼻赶快看他瓶子里的柠檬水。还好,柠檬水还和原来一样多,这使他感到宽慰。

"我简直不懂。"他说。

"不要紧,小长鼻,"小市民说,"也许不懂对你更好些,走吧!"

这时突然传来了呼救声。

声音就在他们前面的树林里,他们以最快的速度飞奔过去。

"不要害怕!"琴鼻子喊道,"我们来了!"

"别跑那么快!"小长鼻喘着气,"哎呀!"他跌了个嘴啃泥。那两个也顾不上他,不停地向前奔跑着,奔跑着。还拴着他们三个的绳子把倒在地上的小长鼻拖着往前带,直到有一棵树拦住了绳子,他们俩从树的两侧聚拢来,最后撞了个脸对脸才算停下来。

"该死的绳子!"小市民生气地说。

小长鼻也十分生气。"好呀!"他气喘吁吁地说,"你们还算发过誓要保护我呢!"

小市民没有理他,他一边用刀子割绳子,一边嘀嘀咕咕叨念,这一定是斯诺尔克姑娘发出的呼救声。绳子一割断，小市民奋力飞奔起来。

过了一分钟，哥哥斯诺尔克上气不接下气地跑过来，他惊得全身都变成了绿色。（琴鼻子一下子没有认出他来，因为你可能记得，上次他们见面时，斯诺尔克身上是紫红色的。）

"快！"他叫喊着，"我的妹妹，有棵可怕的小树，正要吃她！"他们听了，感到十分惊恐。世上真有这种会吃动物的小树。那是一种非常危险的毒树。现在它正抓住斯诺尔克小姑娘的尾巴，往自己身边拖。斯诺尔克小姑娘尖着嗓子叫着，拼命挣扎着。

"可恶的小树！"小市民喊着，挥舞着铅笔刀。（这是把新刀，上面有开塞钻，有从马蹄上剔石的尖刀。）他绕着这棵树走了几圈，嘴里不停地咒骂着："你这蚯蚓""洗衣刷子""不长毛的害人虫"这棵毒树，开着一种带点绿色的黄花。这是它的眼睛，这时候全都张开瞪着小市民。终于，毒树放了斯诺尔克姑娘，伸出它那卷曲的手臂来抓小市民。琴鼻子他们三个紧张地屏住了呼吸，眼看着一场激烈的战斗即将来临。

小市民挥舞着刀子，愤怒地摔着尾巴，前后左右猛冲猛砍，他攻击的主要目标始终是毒树的舞动着的手臂。

当见到一只绿手缠住了小市民的鼻子时，这几个观战者惊叫起来。可是惊叫声马上变成了胜利的欢呼声：小市民一刀把那只绿手砍了下来。战斗越来越激烈了，毒树全身都在颤动，小市民由于愤怒和使劲涨红了脸。有很长一段时间，展现在眼前的是一场混战，只见那舞动着的手臂，鞭打着的尾巴，跑动着的双腿，混成了一团。

斯诺尔克姑娘找来了一块大石头，向这一团混战的中心扔进去。真不巧，这块石头却打中了小市民的肚子，帮了个倒忙。

"啊呀！我亲爱的！啊呀！我亲爱的！"斯诺尔克姑娘呜咽着，"是我把你给毁了！"

"真是个姑娘家！"小长鼻说。

小市民并没有死，他又开始战斗了，而且比刚才还要勇猛。他一只接一只地砍掉了毒树的手臂，直到最后只剩下光光的树干，他才收起他的刀来，并以一种在小长鼻看来是相当傲慢的态度说道："砍光了，没什么了不起的。"

"啊！你是多么的勇敢！"斯诺尔克姑娘喃喃地说。

"嗯，这种事我差不多天天干。"小市民快活地说。

"真是这样吗？"小长鼻说，"我怎么没……"但是他还没来得及说完却"啊呀！"地叫了起来，原来琴鼻子在他脚尖上踩了一下。

"又出什么事了？"斯诺尔克姑娘又吃了一惊，她经过刚才那一场可怕的遭遇，神经还没有松弛下来呢。

"不要害怕。"小市民说，"有我在这里保护你呢，我还有一件小小的礼物要送给你。"说着他掏出了那个金脚镯。

"哟！"斯诺尔克姑娘惊喜地叫起来，由于高兴她身上泛起了粉红色，"我以为我这个东西丢了，哟！真是奇迹！"她马上把脚镯带上，扭动着身子，欣赏起来。

"就为了这个脚镯，她唠叨了整整两天了。"哥哥斯诺尔克说，"连饭都不想吃，现在好了。我知道附近有一块林间空地，我提议到那里去开一个会。当然了，要得到你们的同意才能开。我认为，我们有许多比脚镯重要得多的事要讨论。"就这样斯诺尔克便领着他们来到了林间空地，坐成一个圈，准备开会。

"那么，"小市民说，"我们讨论什么问题呢？"

"当然是彗星问题。"斯诺尔克答道，他害怕地看了看红色的天空，"首先我推举本人为会议主席兼秘书，是否有异议？"没有人反对，于是斯诺尔克用铅笔在地上轻轻敲了三下表示议程开始，可是斯诺尔克姑娘却以为他是在用铅笔打蚂蚁。

"难道这只蚂蚁有毒吗？"她怀着极大的兴趣问道。

"嗨，你捣什么乱！"她哥哥说，"它将于十月七日下午八点四十二分来到，也可能比这晚四秒钟。"

"什么？毒蚂蚁十月七日要来？"小市民问道。他刚刚与毒树进行了激烈的战斗，有些疲劳。现在斯诺尔克姑娘的美貌又吸引了他，这两件事加到一块儿简直使他有点神魂颠倒了。

"不是，不是。我说的是彗星要来。"斯诺尔克不耐烦地说，"现在我们应该来讨论一下，我们怎么办？"

"我的意见，我们最好尽快回家。"小市民说，"我希望你和你的妹妹也和我们一起去。"

"让我仔细考虑考虑，"斯诺尔克答道，"我们可以在下次会议上深入讨论这个问题。"

"不行。"琴鼻子打断了他，"这个问题应该赶快决定，今天已是十月四日，而且已到了下午。要回到市民山谷，我们只有三天时间了。"

"你家在市民山谷吗?"斯诺尔克姑娘问道。

"是的，"小市民说，"那真是个美丽的山谷，这次出来前我装了一个秋千，小长鼻发现了一个大山洞。我都要领你去看……"

"别打岔。"斯诺尔克说着又轻轻地在地上敲了几下，"请讨论我们的正题，现在讨论的题目是：我们是否能在彗星到来之前到达市民山谷。如果能到达，我们在那里是否安全。"

"那里一向是安安全全的。"小市民答道，"你们应该去看看那个山洞，我把我的珍珠都埋在那里了"

"珍珠!"斯诺尔克姑娘高兴得脱口而出，"可以用珍珠做脚镯吗?"

"我想可以的。"小市民说，"可以做脚镯，还可以做鼻环、耳环、订婚戒指……"

"这个问题现在不讨论。"斯诺尔克打断了他们的话，用铅笔重重地在地上敲起来，"别乱弹琴，我亲爱的妹妹，现在世界上比鼻环重要的东西要多得多。"

"要是那个鼻环是用珍珠做成的呢？不是也很重要吗？"斯诺尔克姑娘说，"你用铅笔敲地连笔尖都敲断了，打断开会的是你。老是开会开会的，难道今天晚上就不吃饭了吗？"

"你这一说，我倒真感到饿了，真的想吃饭了！"小长鼻叫起来。

"现在休会，明天上午继续开。"斯诺尔克叹了口气说，"有女孩子在，啥事都乱套。"

"不要那么认真。"妹妹说着开始从小篮子里拿碗碟，"要是你能帮忙找些市柴来，这顿饭做起来就会更好。另外，我们到了市民山谷就住到那个大山洞里，会很安全的，你还担什么心呀？"

"嗨！住山洞，真是个好主意！"小市民大声说着称赞地看了看她，"你想出这个主意，真聪明，不错，彗星来的时候我们可以藏到山洞里去。"

"躲在我发现的山洞里。"小长鼻自豪地叫起来，"我们可以滚过去一些石头堵住洞口，把顶上的缝也遮起来。再多带点食物，还有灯，难道这不也是件开心事吗？"

"对，这么说我们应该马上开会。"斯诺尔克说，"我们来一次工作聚餐怎么样？"

"好，好，好。"妹妹不耐烦地说，"你弄的市柴呢？还有小长鼻，请你到沼泽地里去找点水来。"

小长鼻和斯诺尔克出发了，斯诺尔克姑娘继续准备饭菜。"小市民，请你采些花来布置一下餐桌。"她说。

"要什么颜色的？"他问道。

斯诺尔克姑娘看了看自己，身上现在还是粉红色的。（你可记得，那粉红色是小市民把脚镯交给他时变的。）"嗯，"她说，"我看蓝色最配我。"于是小市民蹦蹦跳跳地去找花去了。

"我能做些什么呢？"琴鼻子问。

"请给我演奏点什么吧！"斯诺尔克姑娘说。

琴鼻子掏出口琴，吹起了《蓝色的地平线》。

过了很长时间，斯诺尔克才抱着柴柴回来。"哟！你才回来呀！"妹妹说。

"我花的时间不算长，"斯诺尔克说，"你知道要找一样长短的柴柴有多难。"

"他做事真怪！是不是经常这样？"琴鼻子问道。

"他生来就这样，"斯诺尔克姑娘说，"打水的小长鼻怎么还不见影子？"

小长鼻一滴水也没找着。他先来到一个沼泽，那里的水全都干了。只是底里还有些湿泥巴，可怜的睡莲全都死光了。他再往树林的深处走，在那里找到了一条小溪，但也干涸了，真是奇怪。小长鼻没办法，只好垂头丧气地回到了营地。

"活见鬼，地球上的水都不知跑到那里去了！"他说。

"我们来讨论一下，没有水这顿饭怎么做。"斯诺尔克刚说完，他妹妹却已想出好主意来了。"小长鼻，你不是有瓶柠檬水吗？"她问道。小长鼻拿出了瓶子。她拿过来全都倒到了平底锅里，再加上些浆果，一道果汁汤做成了，这道汤的味道还真不错呢！

"可是，我应该操心的不光是果汁汤。"斯诺尔克深思地说，"为什么所有的水都不见了，原因是什么呢？"

"这大概是因为太阳太热，晒干了。"琴鼻子说。

"也可能根子在彗星。"小长鼻说。于是他们都抬起头来望天向空，这时天空已经暗下来了，看上去一片暗红色。再低头看远处的树林，树梢顶上有一个发亮的东西，像颗闪着红光的星星。它闪烁着，可以看得出来，正十分炽热地在燃烧。

斯诺尔克姑娘冷得有些发抖，她向篝火挨得近一点。"啊呀！我的天哪！"她说，"这天气似乎太不友好了。"她身上的颜色慢慢由粉红变成了紫红。

在他们坐着抬头看彗星的时候，小市民拿着一束风铃草篮花气喘吁吁地过来了。"找到这些花真不容易啊！"他说。

"非常感谢你。"斯诺尔克姑娘说，"不过现在蓝色花已不配我了。你瞧我身上的颜色已变成紫红色，只有黄花才配得上。"

"啊呀！我亲爱的！"小市民沮丧地说，"那我再去找些黄花来，好吗？"说话间他也看到了在树梢顶上闪闪发亮的彗星。

"不了，不了，不麻烦了，"斯诺尔克姑娘答道，"不过请你握住我的手，我有点害怕！"

"不要害怕。"小市民宽慰她，"我知道，三天内彗星是不会撞到地球的，而三天后我们已经在家里了，已经舒舒服服地躲在山洞里了。好了，现在让我们来喝你做的美味汤吧，喝完就睡觉。"

斯诺尔克姑娘把汤盛好，大家喝完后就一起蜷伏在她用草编的席子上睡觉。

篝火慢慢熄灭了，树林中静悄悄的，漆黑一片。而树林上面，那彗星仍在闪耀着不祥的红光。

第八章

动物舞会

第二天，他们在森林里走了一整天，方向是市民山谷。琴鼻子走在前面，吹着口琴鼓舞大家保持高昂的情绪。大约在下午五点，他们来到了一条小路上。路边上插着一块大牌子，牌子上有一个箭头指着方向，上面写着：

今晚有舞会

由此向前！

"好极了，我多想跳舞呀！我们去吧！"斯诺尔克姑娘拍着巴掌大声说，"我有很长很长时间没有跳舞了。"

"我们现在没有时间玩。"斯诺尔克说。

"说不定在乡村商店有柠檬水卖。"小长鼻说,"我渴死了。"

"反正这条路跟我们要走的方向也是一致的。"小市民说。

"那就在我们路过那里时,看一看吧。"琴鼻子建议道。

斯诺尔克叹了口气,"你们都是些没出息的东西。"他摆出无可奈何的样子说道。

这是条十分有趣的小路,一会儿在这里拐一下,一会儿又在那里打个弯,一会儿向这边插过来,一会儿又朝那边突过去,有时候还会迂回一下调皮地打个结。(走这样的路你是不会感到疲劳的,而且我相信,最后到家的时间可能还会早一些。)

琴鼻子折了一根树枝作旗杆,举起了他那珍贵的小旗。当他要吹口琴时,小长鼻就帮他举旗。斯诺尔克姑娘蹦蹦跳跳的,一会儿进树林,一会儿出树林,采摘着各种各样的与她情绪相合的花朵,再把这些花插到自己的耳朵后面。

"再讲一点你们那个山谷的事,好吗?"她对小市民说。

"那是世界上最最有趣的山谷了。"他开始讲起来,"那里有种树,叶子是蓝色的,可是会结梨;有种金翅雀,从早到晚唱个不停;还有种银色的白杨树。爬这种白杨树是最好玩不过了,我还想用这种白杨树给自己盖一所房子呢。到了夜晚,小河里映着洁白的月亮。河水撞击着岩石,发出像击碎玻璃一样清脆的声音。爸爸在河上修了一座小桥,可以过一辆独轮车。"

"说得这样富有诗情画意,果真是这样吗?"小长鼻说,"以前我们刚来山谷时，你却光说别的什么地方怎么怎么好。"

"这是另外一回事。"小市民说。

"我看原因在这里，"琴鼻子说，"我们大家都有这样的体会，就是只有当你外出做了很长时间的旅行以后才发现，比来比去，还是自己的家乡美！"

"那你的家乡在哪里呀？"斯诺尔克姑娘问道。

"什么地方都不是。"他有点伤心地说，"或者说什么地方都是。这要看我自己的感觉怎样来定。"

"你有妈妈吗？"小市民问道，他显示出一副十分怜悯琴鼻子的样子。

"我不知道。"琴鼻子说，"大家说我被发现时是在一只篮子里。"

"和摩西一样。"小长鼻说。

"我很喜欢摩西的故事。"斯诺尔克说，"但是我认为，她妈妈本来是可以用更好的办法救出他的儿子的，你说是吗？鳄鱼本来也可能会把他吃个精光的。"

"鳄鱼倒差一点把我们给吃了。"小长鼻说。

"摩西的妈妈本来可以把他藏到有出气孔的箱子里。"斯诺尔克姑娘说，"这样就可以把鳄鱼挡在外面。"

"我们曾经试着戴过一顶带出气管的潜水帽。"小长鼻说，"可是我们做不到叫它一直不进水，有一次小市民潜入水中吞了几口水差一点呛死，真有意思！"

"啊哟！"斯诺尔克姑娘害怕得喊起来，"我想这一定很危险。"

就这样他们走着谈着，突然间，乡村商店映入了他们的眼帘。小长鼻欢呼一声摇晃着他的小旗，大家兴奋地加快了步伐。

乡村商店环境优美，庭院里种着花，各种各样应有尽有，一排排十分整齐。房子是白色的，房顶上长满了草。房前有一个日晷规一样的东西。可是这个东西不是用来报时的，上面却放着一个像镜子一样明亮的银球，银球上映出房子和花园。

墙上贴着肥皂、牙膏、口香糖的广告和招贴画。窗子下面结着几个大南瓜，有黄色的，也有绿色的。

小市民走上台阶开了门，门上的铃铛在头上叮叮铃铃响了起来，他们一个跟着一个鱼贯地走了进去，只有斯诺尔克姑娘还待在外面照着那个银球欣赏自己映在里面的模样。商店里柜台后面坐着一位老妇人，她有一双小小的闪着亮光的小眼睛，一头白发。

"啊哈！"她说，"这么多孩子，你们要些什么呀？亲爱的。"

"请来点柠檬水，大妈。"小长鼻说，"如果有的话，要绿色的。"

"有没有间隔一厘米的横格练习本？"斯诺尔克问。他打算当彗星来到地球时，用这种练习本记下一切该记的东西。

"当然有。"老妇人说，"要蓝色的？"

"不，我要别的颜色。"斯诺尔克说。因为他知道，学生经常用蓝色封皮的本子做练习本。如果他用这种颜色，会让人觉得他还是学生似的。

"我想要条裤子。"琴鼻子说，"但不要太新，只要合我的身材我就喜欢。"

"当然有。"老妇人说着爬上梯子，从天花板上摘下一条裤子来，"这条怎么样？"

"太新，太干净了。"琴鼻子失望地说，"有没有旧一点的？"

老妇人想了一会儿。"这条已经是我的存货里最旧的一条了。"她说，"现在穿着太新，到明天不就变得旧一点了吗？也会脏的。"她补充说着，用她那两只小眼睛从眼镜架上面看着琴鼻子。

"嗯，也好。"他说，"最好让我到屋角后面去试穿试穿。我总觉得，这条不太合我的身材。"他走到花园里面不见了。

"亲爱的，你要什么呢？"老妇人转向小市民说。小市民为难地扭动几下身子，害羞地说："你这里有这样的头巾吗？上面缀着宝石的。"

"宝石头巾？"老妇人惊奇地问，"你要这做什么？"

"他准备送斯诺尔克姑娘，我敢保证。"小长鼻大声说。他正坐在地板上用吸管吸绿色的柠檬水。"他自从遇到这个姑娘后，一直是疯疯癫癫的。"

"送点珠宝饰物给姑娘有什么疯疯癫癫的？"老妇人认真地说，"你太小还不懂。不过话得说回来，珠宝一般是送给夫人的礼物。"

小长鼻"噢"了一声，又埋头喝起柠檬水来了。

老妇人把她的货架找了个遍，可就是没有这种头巾。

"看看柜台下面有没有？"小市民提醒她。

老妇人看了看。"没有。"她失望地说，"柜台下面也没有，不送头巾买双手套送送不行吗？"

"让我想想……"小市民说。他看上去心事重重。

就在这时门铃又丁零地响了，斯诺尔克姑娘进商店来了。

"你好！"她打着招呼，"你庭院里的那面镜子真是好！我的小镜子丢了以后，一直只能在水坑里照。水坑里照出来的样子啊！你不知道有多滑稽可笑。"

老妇人向小市民使了使眼色，从货架上拿下一样东西来，从柜台下面递给他。小市民朝下看了看，原来是面镶银边的小圆镜。背面有朵由红宝石嵌成的红玫瑰。他喜出望外，便会意地向老妇人使了个眼色，斯诺尔克姑娘没有注意到这一切。

"有纪念章卖没有？大妈。"她问道。

"要什么？亲爱的。"老妇人问。

"纪念章，"斯诺尔克姑娘说，"挂在胸前的星章，绅士们喜欢这种东西。"

"哎，不错，是这样。"老妇人说，"纪念章。"她找遍了各个角落，找遍了货架上柜台下的所有地方。

"难道一个也找不出来?"斯诺尔克姑娘说着眼泪已流到鼻子上。

老妇人也垂头丧气了,可是她突然想起了什么,立即顺着梯子爬到最高一层货架,那里有一盒圣诞树装饰品,在这些小东西里面她找出来一个很大的银色星星。

"瞧!"她高举着这个星星喊道,"这里有一个你所需要的星章!"

"啊!太好看了!"斯诺尔克姑娘不由自主地喊起来,然后她转向小市民,含羞地说,"这是送给你的,小市民,因为你把我从毒树中救了出来。"

小市民激动万分,他跪到地上,让斯诺尔克姑娘把星章挂到了他肚子上面一点的地方。(因为小市民的鼻子太大,遮住了他的胸部,很难在那里别纪念章。)星章挂在小市民肚子上面显得光彩夺目。

"你现在看起来好英俊。"斯诺尔克姑娘说。这时小市民赶忙拿出了一直藏在背后的镜子。"这是我买来送你的。"他说,"你照照看。"正在他们照着镜子,嘴里不停地"哎呀哈呀"赞叹时,门铃又响了,琴鼻子走了进来。

"我看,这条裤子还太新,再在你店里放一段时间吧!"他说,"现在我还不配穿这样的新裤子。"

"噢,亲爱的,"老妇人说,"真遗憾!要不要买顶新帽子戴戴?"对她的这一建议,琴鼻子只是"啊哈"了一声。他把他头上的绿色旧帽子往下拉了拉，一直拉到耳朵根，说道："谢谢你，我总觉得一个人身边要是带着那些零七八碎的东西，有多麻烦。"

在这段时间里，斯诺尔克一直坐在那里往笔记本里写呀，记呀，忙个不停，现在站起来说："大家要记住，要想躲过彗星，就不能在这里耽搁太久。我建议我们应该马上走，小长鼻，快把你那柠檬水喝完。"

小长鼻大口大口往肚里灌，不用说，大部分都流到了地上。

"他老是这个样。"小市民说，"我们走吧！"

"请结算一下，一共多少钱？"斯诺尔克问老妇人，她开始算账。这时小市民突然想起来，他们身上不要说带钱，连装钱的口袋都没有。琴鼻子有个口袋也老是空空的。小市民用胳膊肘推了推他，皱起眉头失望地叹了口气。斯诺尔克兄妹俩慌乱地相互看了看。真是的，他们连一个便士都没有啊。

"练习本一又四分之三便士，柠檬水三便士，"老妇人说，"星章五便士，镜子贵了点，要十一便士，因为它背面的嵌花是真宝石，加起来一共一先令八又四分之三便士。"

没有人答应一声。斯诺尔克姑娘把镜子拿出来，放到柜台上，叹了口气。小市民开始摘星章。斯诺尔克不清楚，本子上已写了字该加价还是要削价。小长鼻想的是柠檬水该怎么算，因为喝下去的只有一小部分，大部分已经流到地上了呀！

老妇人轻轻地咳了一声。

"有了，孩子们，"她说，"那条旧裤子，小长鼻不要了，价钱是一先令八便士，放在我这里，这就可以抵住你们的账了，你们就不欠我啥了。"

"这账能这样抵吗？"小市民疑惑地问。

"这是一清二楚的，小市民。"老妇人说，"就这样我收下这条裤子算了。"

斯诺尔克心算着，想得出个数来，但怎么也得不出来，只好在本子上笔算起来。

$$\text{先令 \quad 便士}$$

练习本 $\qquad 1\frac{3}{4}$

柠檬水 $\qquad 3$

星章 $\qquad 5$

镜子（带红宝石） $\quad 11$

$\qquad$ 总数 $\quad 1\quad 8\frac{3}{4}$

$\qquad$ 裤子 $\quad 1\quad 8$

1先令8便士＝1先令8便士，还余$\frac{3}{4}$便士。

"不错。"他惊奇地说。

"还余$\frac{3}{4}$便士。"小长鼻说，"这$\frac{3}{4}$便士还要不要？"

"小气鬼。"琴鼻子说，"账上这就算平了。"

他们谢了老妇人，正要走，突然，斯诺尔克姑娘想起了什么。"能不能告诉我们，今晚的舞会在什么地方举行？"她问道。

　　"舞会吗，"老妇人说，"沿着小路一直往前走便可走到，月亮上来之前不会开始。"

　　他们离开乡村商店没有多远，小市民突然停下来，拍一下自己的脑门。"彗星！"他叫起来，"我们应该把彗星的事告诉大妈，对吗？说不定她会愿意跟我们一起躲到山洞里去的。小长鼻，你跑回去问她一下，好吗？"

　　小长鼻一蹦一跳地跑了，他们坐在路边等他。

　　"你会跳桑巴舞①吗？"斯诺尔克姑娘问小市民。

　　"会一点。"他答道，"不过我最喜欢的是华尔兹舞。"

　　"今天我们不会有时间跳舞的。"斯诺尔克说，"你们瞧瞧天空就知道了。"

　　他们都抬起头来望着天空。

　　"彗星更大了。"琴鼻子说，"昨天还只有钉子头那么大，现在有鸡蛋那么大了。"

　　"可我相信，你一定会跳探戈。"斯诺尔克姑娘继续说道，"横着跳一小步，后退两大步。"

　　"说起来怪容易。"小市民说。

---

　　① 桑巴舞：是一种源自巴西民间舞的交谊舞。

"妹妹,"斯诺尔克说,"你的脑子里总是那些轻佻事,难道你就不能说些正经事吗?"

"我们开始讲的正经事本来就是跳舞。"斯诺尔克姑娘说,"插进来讲彗星的是你,跳舞不是正经事?我们偏要讲。"

兄妹俩顶起了嘴,身上的颜色开始起了变化,幸好在这时小长鼻跑回来了。"她不想跟我们一起走。"他说,"彗星来了她准备钻到地窖里去,但她还是非常感谢我们,给我们每人一根棒棒糖。"

"恐怕是你乘机要的吧!"小市民怀疑地问。

"讨厌的坏蛋!"小长鼻愤慨地喊起来,"这是什么话,她说她应该给我们棒棒糖,因为她还欠我们四分之三便士,这都是事实,不信你去问。"

他们一边吮吸着棒棒糖,一边继续往前走,太阳落到了一片灰蒙蒙雾气缭绕的树林后面。

月亮升起来了,它惨淡地放着绿光。而彗星光却比以前更强了,现在差不多有太阳那么大,闪耀着奇特的红光,照亮了整个树林。

他们在一个林间小空地找到了舞池,在舞池周围,成千上万的萤火虫闪着荧光,恰似张灯结彩。一只大蝗虫坐在舞池边,手里拿着一杯啤酒,身旁放着一把小提琴。

"哟!"他说,"在这样的地方演奏始终会感到愉快的。"

"你为谁演奏呀?"斯诺尔克姑娘看了看空空的舞池问他道。

"噢，为来自四面八方的森林动物演奏。"蝗虫手一挥，说着又喝了一口啤酒，"可是那些愚蠢的小东西还不满意，他们说我的音乐还不够时髦。"

正说着他们发现来了许许多多各种各样的奇怪的小东西。你看那水妖，因为林中水坑和水池的水都已经干涸了，没处藏身都跑到这里来了。再看那边白杨树下，一群树精坐在那里闲聊。(树精是住在树干里的美丽的小动物，它们总是晚上出来飞到树顶上，然后悬挂在树枝间，但针叶树中他们一般是不去的)。

斯诺尔克姑娘拿出镜子来照了照，看看耳朵后面的花是否插得合适。小市民把星章挂得端端正正的，他们有很长时间没有参加正式的舞会了。

"我并不想使蝗虫生气。"琴鼻子轻声说，"可是，你不觉得，我不是也可以为他们演奏些口琴曲吗？"

"那你们就一起演奏好了！"斯诺尔克建议道，"你就教他《卷曲的尾巴》这首曲子。"

"好主意！"琴鼻子说。于是他把蝗虫领到一棵矮树后面(这一回不是毒树)，教他那首曲子。

过了一会儿，音乐声响起来了。先是一段颤音，接着是一段柔音，所有的小动物都静下来走到林间空地上听起来。"这首乐曲听起来才是现代音乐。"他们说，"可以跟着这首曲子跳舞。"

"啊呀！我的妈呀！"一个很小的动物指着小市民身上的星章

叫起来，"这里还有一位将军呢！"于是大家都朝着这批旅行者围过来，响起了一片惊异和羡慕的赞叹声。

"你的一身蓬松毛好漂亮啊！"他们对斯诺尔克姑娘说，树精们在宝石镜子里照自己的模样，水妖们在斯诺尔克的练习本上签名。

这时从矮树后面又响起了音乐，琴鼻子和蝗虫一边认真地演奏一边走了出来。

所有的动物开始挑选适合于自己的舞伴，出现了一场小小的混乱。随后，在各自找到合适的舞伴后，双双对对地跳起来了。

斯诺尔克姑娘教小市民跳桑巴舞（这种舞如果是短腿跳起来特别困难）。斯诺尔克和一个上了年纪的，受人尊敬的动物跳了起来，因为她住在沼泽地里，现在头发上还沾着水草呢。小长鼻和一只最小的动物跳圆舞。甚至小蠓也跳起来了，各式各样的爬行动物从树林中爬过来观看。

谁也没有再去想彗星的事。可彗星这时候却不管人们想还是不想，照样朝着他们冲过来，它发出的强烈的红光照亮了黑夜。

大约在十二点，滚出来一桶棕榈酒，每人拿着一个由白杨树皮做的杯子盛酒喝。萤火虫在林间空地中央滚成一团当作灯。大家围着这一团萤火虫灯坐下来喝酒吃夹心面包（这也是免费供应的）。

"现在我们该讲故事了。"小长鼻转向那个最小的动物说道，"你来一个故事，好吗？小爬虫。"

"哎呀！我不会，真的不会。"小爬虫喃喃地说，她害羞得厉害，"啊呀，我不会，嗯，不骗你……"

"好了，快讲吧。"小长鼻说。

"从前树林里有只老鼠叫普特。"小爬虫说着害羞地用两只手遮住眼睛从指缝里往外偷看。

"后来呢，这只老鼠怎么样了?"小长鼻催促着。

"故事讲完了。"小爬虫说着慌乱地把头往苔藓里钻。

大家一阵哄笑，有尾巴的还高兴地使劲往地上翘尾巴，笑完后，小市民请琴鼻子演奏一曲。

"请听我演奏一支《混乱曲》吧。"他说。

"但这有多扫兴。"斯诺尔克姑娘不愿听。

"行，就来这支曲吧!"小市民说，"因为这是首非常好听的口哨歌。"琴鼻子开始吹起来，大家和着唱:

> 混乱，混乱，真混乱!
>
> 小路东一插来西一穿。
>
> 时间已是四点正，
>
> 两腿发软累死人，
>
> 可还不见自家门。

斯诺尔克姑娘把头靠到小市民的肩膀上，"歌词里说的情景正是我们现在的处境。"她伤心起来，呜呜咽咽地哭，"我们真是两腿发软累死人，我们也永远到不了自家门。"

"不，我们能到家。"小市民说，"不要哭，我们到家时，妈妈一定把饭都准备好了。她一定会挽着我们的胳膊领我们去吃饭，想想，要是我们把所有发生的事都说给他们听听，该多有意思。"

"到了家可以用珍珠做个脚镯带上。"斯诺尔克姑娘说着擦干了眼泪，"我一定用珍珠给你串根领带别针，你要不要?"

"要。"小市民说，"太好了，不过我很少戴领带。"斯诺尔克姑娘没有想到他会做出这样的回答。他们谈不下去了，只好再听琴鼻子的口琴曲。他一曲接着一曲不停地吹着，一直吹到所有的小动物，包括水妖回到了树林里，树精爬进了树洞里，斯诺尔克姑娘拿着镜子睡着了才停止。

乐曲停止了，林中空地一片寂静。萤火虫一个个地飞走了，而夜正慢慢地爬向明天的早晨。

第九章

越过干涸的海底

十月五日，鸟儿不再啼唱。太阳惨淡无光，人们已经很难看清太阳的位置。彗星已经像个大车轮悬挂在树林上方，车轮的四周，燃着一圈火焰。

这一天，连快活的琴鼻子都不想吹口琴了。他非常安静，他在想："我有很长时间没有像今天这样心境不好了。过去，每当一个愉快的聚会结束时，我常会感到有点忧伤，但是这次却与那种情况不一样，太阳不见，森林静下来了，显得特别抑郁恐怖。"

别的人也不想多说话，小长鼻感到头痛，嘟

嚷发牢骚。由于跳舞跳得太多了，他们的双腿都感到疲劳，前进的速度也慢下来了。

树市逐渐稀疏起来，慢慢地一片荒凉的沙丘景色出现在眼前。除了一丛丛青灰色的海燕麦和柔软的沙堆以外什么都看不见了。

"已经闻不到海洋味了。"小市民用鼻子嗅嗅说，"啊呀，太热了！"

"可能这是沙漠。"小长鼻说。

他们走呀，走呀，爬上一个沙丘，下去一个沙丘。再爬上一个，再下去一个，在软沙地里走路真费劲啊。

"瞧！"斯诺尔克突然说，"小胖哈蒂又在行动了。"真的，在远处可以看到一队影影绰绰的小东西，摇摇晃晃地向前移动着。"他们正往东去。"斯诺尔克说，"我们最好跟着他们，因为他们经常知道什么地方有危险，应该怎么去躲避。"

"可是我们还得走这里。"小市民说，"山谷在西边。"

"我真渴呀！"小长鼻呜咽起来。

没有人搭理他。

他们个个精疲力竭，垂头丧气，挣扎着往前走。沙地越来越平坦，没有那么多沙丘了。最后，他们走完了沙地，看见了许多海草，这些海草自然地形成了一条带子，在海草带的那一边是海滩。海滩上面散布着许多卵石，再往前去是……他们并排站在那里向前方望着。

"啊呀，吓死人了！"小市民说。

前面这个地方本来不是海吗？想当时海浪轻拍，帆影绰绰。可现在，你再看那些海底深渊，多么像一张张大嘴向上张着。

一股温泉从一条大裂缝的深处冒上来，这条大裂缝像是一直裂到了地球中心似的，两边的岩壁一直插下去，插下去……

"小市民，"斯诺尔克姑娘气喘吁吁地说，"整个海都干涸了。"

"鱼该怎么办呢？"小长鼻大声说。

斯诺尔克掏出练习本来在"彗星记事：接近地球时的状况"的标题下作着记录。琴鼻子却坐到地上大哭起来："啊呀！我的妈呀！这么漂亮的海不见了。再也不能航海了，再也不能游泳了，再也不能捉鱼了；再也不会有暴风雨，再也不会有透明的冰，再也不会有能映照天上满天星的深蓝色海水了。完了，一切都完蛋了！"他把头埋进了两个膝盖之间，哭得心都要碎了。

"可是琴鼻子，"小市民责备地说，"你一向快快活活的，今天怎么这样悲观，看你这个样子简直可怕。"

"我知道，"琴鼻子说，"我最最喜欢的是海，这太叫人伤心了。""特别是鱼，它们会更悲伤的。"小长鼻叫起来。

"现在最重要的事，"斯诺尔克说，"是我们怎样设法过这个巨大的海底大裂口，我们再也没有时间绕道了。"

"是的，当然没有时间绕道了。"小市民同意斯诺尔克的意见，他焦急地说。

"我们来开个会。"斯诺尔克说,"我主持会议,现在大家来讨论,要越过这干海底,有哪些可供选择的方案。"

"飞过去。"小长鼻说。

"别傻。"斯诺尔克说,"这个方案被否决了,是一致否决,对吗?"

"走过去。"小市民提议道。

"你真笨。"斯诺尔克说,"我们会掉到那些深沟里去的,或者会陷进烂泥里,这个方案也被否决了。"

"那么你自己也提个方案吧!"小市民生气地说。

这时琴鼻子抬起头来。"我知道怎么过。"他喊道,"踩着高跷走过去!"

"高跷?"斯诺尔克说,"方案被否……"

"等等,"琴鼻子大声说,"难道你已经忘了我踩高跷过热水泉的事了吗?踩着高跷跨大步能越过任何障碍,而且速度也不慢。"

"可是踩高跷走路有那么容易?"斯诺尔克姑娘说。

"可以在这海滩上先练一练。"琴鼻子答道,"现在唯一的问题是要找到可用作高跷的东西。"

于是他们分散出去找高跷材料,当然海滩上要想找到高跷材料确实是不容易的。

斯诺尔克对这件事最动脑筋。他想,高跷就是长杆子。什么是长杆子呢?就是树干。哪里有树干呢?在树林里……于是他不顾天气热，走了很远回到了树林边。找了两根细长的小杉市（他知道在细杉树里没有树精）。

小市民和斯诺尔克姑娘在一起找，他们俩一路上谈着市民山谷和那里的山洞，谈着谈着，把出来找高跷材料的事抛到了九霄云外。

"我爸爸修了一座非常出色的小桥。"这大概是小市民第三次对她讲小桥这件事了，"但是大部分时间还是在写一本叫《回忆录》的书，里面都是他一生中经历的事。现在有什么事，只要一干完他也记下来。"

"他这样忙，想必不会有时间去办别的事了，是吗？"斯诺尔克姑娘说。

"嗯，是这样。"小市民说，"有些事，即使只有一点值得他写的，他也要去一再核实。"

"讲讲你们那次可怕的大水吧。"斯诺尔克姑娘说。

"好，那真是一场吓人的大水！"小市民说，"水一直往上涨呀，涨呀。妈妈，小长鼻和我三个只好站在一个土岗顶上。到最后，连放尾巴的干地方都快没有了。"

"真的！"斯诺尔克姑娘说，"水有多深？"

"有我身高的五倍，或许还要再深些。"小市民说，"和那边那根标杆的高度差不多。"

"真不可想象！"斯诺尔克姑娘大声说。他们脑子里想着大水，漫无边际地走着。

过了一会儿，小市民停下来问："我刚才不是说过'和那边那根标杆的高度差不多'吗？"

"说了，怎么了？"斯诺尔克姑娘说。

"我刚刚记起来，我们出来是找杆子做高跷的。"小市民说，"我们得返回去把这根标杆弄来。"

他们沿着海滩跋涉着往回走，找到了那根标杆，这是根很长的漆着红白两色的杆子。

"这是人们用来标出岩石位置的标杆。"小市民说，"在岩石的那一边一定还有另一根这样的标杆。"

就在这两根标杆所在的地方，在海干涸之前是个小海湾。现在海滩上零乱地散布着沉船残骸，一堆堆木头，桦树皮和海草。斯诺尔克姑娘发现一个从桅杆顶上掉下来的装饰雕球，但是这个雕球太大了，他们拿不动。她拣起一个带镀金塞子的瓶子，可以看得出来，这个瓶子是从遥远的墨西哥漂来的。不一会儿他们又走过一块长板子，这块板子已经从中间裂开，正好用来做第二副高跷。

他们满意地往回走，发现别的人都已在练习踩高跷了。琴鼻子神气地做着示范，他的高跷一根是钓鱼竿，一根是蛇麻草秆。小长鼻全神贯注地努力使自己的身体保持平衡，他的高跷一根是长扫帚把，一根是顶端还绑着小旗的旗杆。

"你们该看看一分钟前我是怎样踩的，再瞧瞧现在……"他大声说。可是还没等他说完，只听得啪的一声，小长鼻摔了个长鼻子着地。

"你应该这样踩着走。"斯诺尔克说着跨过一个沙堆。"就像是穿了魔靴子，一步就跨七里格①。"

当大家把斯诺尔克姑娘抬起来让她踩到高跷上时，她害怕得哭起来了。可是不多一会儿，她已踩得比任何人都要好了。她大踏步地走来走去，轻松自如，让人觉得，她好像从小就是踩高跷的能手。

他们练习平衡，迈步。跌倒了再练，一直练了差不多一个小时。"我看现在很不错了。"琴鼻子说，"可以走了。"

他们一个跟着一个，胳膊下夹着高跷，向着深渊底部，踩着打滑的岩石，艰难地向前走去。

海底里非常沉闷。那些海草，原来在清澈的蓝色海水中来回摆动有多好看，可现在全都倒伏着，黑乎乎的一片。在那半干的小水坑里，鱼儿们在可怜地挣扎着。

蒸汽像烟幕一样在他们头上飘浮，彗星透过这层烟幕投下了一种怪异的暗淡色的光。

"这里的情况和热水泉那里的情况差不多。"琴鼻子说。

――――――――――
① 一里格等于三里。

"这里的气味真臭。"小长鼻皱起他的长鼻子说,"这句话,你们听起来会不高兴的,可是也不要责骂我,因为事实就是这样。"

"你怎么样?"小市民透过蒸汽对斯诺尔克姑娘喊道。

"很好,谢谢!"传过来很微弱的回答声。

他们像长腿虫那样继续在海底大踏步地向前走,脚底下的斜坡慢慢地一直向下滑,这里或那里不时地升起一些暗绿色的山峰。这些山峰的峰顶本来是些住有人的海岛,想当时孩子们曾在他的周围嬉水玩耍。

"我再也不能游泳了,瞧,那么深的海水都不见了。"小长鼻说着感到不寒而栗,"想想看,这里的所有一切原来都是在水下的!"他斜眼朝一个黑洞洞的大裂口看了看,这个裂口的底部还有些海水,那里一定聚集着许许多多稀奇古怪的水下生物。

"这个地方虽然很吓人,却也有一番风景。"琴鼻子说,"从前谁也到不了这个地方,我们是第一批,那里是什么东西?"

"是个宝物箱!"小长鼻叫起来,"喂!我们看看去!"

"反正我们是带不走它的。"斯诺尔克说,"随它去吧!我估计,在这个地方我们还会发现更加不寻常的东西的。"

现在他们在呈锯齿状的黑色岩石间穿插前进,在这种地方踩高跷要十分小心,要不然就会被石缝夹住。突然,一个隐隐约约的大黑影出现在他们面前。

"这是什么?"小市民气喘吁吁地说。他因停步停得太急了,差点摔个嘴啃泥。

"可能是个吃人的家伙！"小长鼻焦虑地说。

他们慢慢地向前移动了几步，躲在岩石后面窥视了一会儿。

"是条船！"斯诺尔克叫起来，"是条失事的沉没的船！"

可怜的船啊！那样子有多悲惨，桅杆断了，腐朽的船体上叮满了藤壶（甲壳动物），帆缆索具早就被水流冲走，船头上的渡金雕饰也已裂开并变了颜色。

"你觉得船上还会有人吗？"斯诺尔克姑娘低声问。

"我想，他们当时都由救生艇救走了。"小市民说，"走吧，这里太可怕了。"

"等等，"小长鼻说着从高跷上跳下来，"我看那里可能有金子，有个东西在发亮……"

"请不要忘了柘榴石和大蜥蜴的教训！"琴鼻子大声说，"最好还是别管它。"

可是小长鼻这时已弯下腰去从沙地里拔出了一把金柄短剑。金柄上还镶嵌着像月光一样洁白的蛋白石，刀刃微微闪着寒光，小长鼻举起他的发现物兴奋地喊起来，"看啊！多漂亮的剑呀！"斯诺尔克姑娘也跟着手舞足蹈地欢呼起来，竟而完全失去了平衡撞到了船帮上，掉进船舱里不见了，小市民惊叫一声冲过去救她。由于甲板太滑，他不能冲得太快，但他还是竭尽全力飞快地到达了船舱边上，他马上朝那阴暗的船舱里看去。

"你在那里吗?"他焦急地喊道。

"对,我在这里。"斯诺尔克姑娘尖着嗓子回答。

"你不要紧吧?"小市民说着跳进了船舱。他发现里面的水有齐腰深,而且有股难闻的污水味,这使他感到十分惊异。

"我很好。"斯诺尔克姑娘说,"就是怪吓人的。"

"小长鼻真是害人虫。"小市民怒气冲天地说,"只要有什么东西闪点光,发点亮,他都不放过。"

"好了,我对他是了解的,我能理解他。"斯诺尔克姑娘说,"装饰品就是诱人,特别是用金子或珠宝做的更是这样。难道你不想,我们在这里也发现些珍宝吗?"

"这里太暗了。"小市民说,"而且这种地方可能会有什么危险的动物。"

"对,你说得对。"斯诺尔克姑娘温存地说,"好市民,赶快帮我离开这儿吧!"

于是小市民把她带到舱口边的船舷上,斯诺尔克姑娘爬了上去。她一上去就赶忙把镜子掏出来看看是否破了。谢天谢地,还算不错,镜子好好的,背面的红宝石也全都在。但是正当她照着镜子打扮自己时,一个叫人毛骨悚然的景象映到了她的镜子里。镜子里的东西她现在看得清清楚楚,那里是黑洞洞的船舱,那里是小市民,他正在往上爬。在他的后面,在一个黑暗的角落里还有一个什么东西,而且这个东西还会动,正慢慢地向着小市民移动过来。

斯诺尔克姑娘吓得把镜子一摔，拼命叫喊起来："注意！背后有东西！"

小市民回头一看，原来是只大章鱼，这个深海中最危险的动物，正慢慢地从角落里朝着他蠕动过来。他拼命往上爬，够着了斯诺尔克姑娘伸过来的手，但船身又黏又滑，他又滑了回去，摔到了水里。正在这时，琴鼻子他们赶到了，他们是到甲板上来看个究竟的。他们拿起高跷对着章鱼又是戳，又是捅，但是这只章鱼却毫不在乎。他毫不放松地向小市民爬过去，长长的触须已经快要碰到它的猎物了。

在紧急时刻，斯诺尔克姑娘急中生智，想出了个好主意，她过去常常在阳光下玩镜子，用太阳光线反炫他哥哥的眼睛。这时只见她拾起宝石镜子，以同样的方法来对付章鱼，只不过这次不是用阳光炫，而是用彗星光炫章鱼的眼，这个办法十分有效，章鱼立即停止了蠕动。正当章鱼炫眼不知所措时，小市民抓住高跷向上爬，大家乘势把他拖到了甲板上。

他们一刻也不敢耽搁，赶快离开了这条可怕的船，直到走出了几里远才敢松口气。

小市民对斯诺尔克姑娘说："这次是你救了我的命，而且用的办法又是这样的巧妙，我准备请琴鼻子为你写首诗，我怕自己写不好。"

斯诺尔克姑娘垂下了眼皮，由于感到幸福身上又变了颜色。

"我非常愿意这样做。"她低声说，"只要我能做到，就是一天救你八次也干。"

"要是这样，一天即使有八只章鱼来袭击我，我都不在乎了。"小市民献殷勤地说。

"要不是你们俩啰唆个没完，"小长鼻说，"也许我们早过了这海底了。"

海底的沙地现在越来越平坦了，上面散布着许许多多贝壳。这些贝壳有的呈螺旋状，有的满身是棱角，有的色泽鲜艳多彩：紫色的、深蓝的、海水绿的，各种颜色都有。

斯诺尔克姑娘不愿再走了，她想一个个地观赏一下这些贝壳，倾听一下蕴藏在它们里面的海的呼声，但是斯诺尔克却催着她快走。

大蟹侧着身在贝壳间穿行，他们议论着：这有多奇怪，海水怎么会突然不见的？是谁把水引走了？什么时候水才能再回来？"谢天谢地，幸亏我们不是水族。"有只螃蟹说，"看这些水族，只要一出水，一个个就像撒在地上的污斑。可是我们，不管在什么地方，有水没水都照样活得很自在。"

"那些生来就不是螃蟹的，我真可怜他们。"另一只螃蟹说，"非常有可能，这次海水干枯特别为我们安排的。你看，水一退，我们活动的地盘大得多了。"

"多么绝妙的想法！在这世界上，别的动物都死光，只有我们螃蟹在，有什么不可以？"第三只螃蟹叫起来，挥舞着它的大螯。

"瞧这些自鸣得意的家伙！"琴鼻子喃喃地说，"用镜子的反光炫炫他们的眼，看看它们会慌成个啥样。"

斯诺尔克姑娘拿出镜子，对着彗星，用它的反光来炫螃蟹的眼，于是一场可怕的大动乱开始了。螃蟹们吓得吱吱乱叫，疯狂地相互磕碰着四散奔逃，只要逃到有点水的地方，便一头钻进去躲了起来。

小市民他们哈哈大笑，笑过之后又接着赶他们的路去了。走了一会儿，琴鼻子觉得他该吹一支曲子了。可是他的口琴怎么吹也吹不出声来。原来，因为水汽太大，他的口琴生锈了。

"啊呀！我的妈呀！"他懊丧地说，"这有多倒霉！"

"到了家我爸爸会帮你修的。"小市民说，"我爸爸只要他肯花时间琢磨，什么东西都能修好。"

现在，展现在他们眼前的，是一片奇特的谁也未曾见过的海底景色。从地球形成起，这里大概就被几十亿吨海水淹没了。

"大家看，我们能来到这个地方真是千载难逢啊！"斯诺尔克说，"现在我们一定快到最深的海底了。"

他们想走到海底去看一看，但当他们真的走近一个最大的深渊时，却全都害怕了，没有一个敢再往下走一步的。只见那斜坡笔陡，渊底黑乎乎一片，也许就根本没有底！说不定世界上最大的章鱼就潜伏在这稀泥里。也可能，有些谁也没见过的，不可想象的动物生活在这里。斯诺尔克姑娘对那只叮在岩壁上的贝壳发生了兴趣。她目不转睛地看着，这只贝壳十分巨大，身上是雅致的淡白色，这种颜色只有生长在海底不透光的地方的贝壳才会有。贝壳的中心部分黑黝黝的，怪逗人喜爱的。想不到这个可爱的贝壳还会唱呢。你听，它现在正唱着一支古老的海之歌呢。

"真妙！"斯诺尔克姑娘叹口气说，"我要能住在这个贝壳里该有多好啊！我多想走进去看看究竟谁在里面低声歌唱。"

"那里边只可能是海在歌唱。"小市民说，"要知道当每一个海浪最后拍打海滩而消失时，都会对贝壳唱出一支短短的小曲。贝壳便把这一支支海之歌保存起来。你别进去，里面是个曲曲弯弯的迷宫，进去了就永远也别想摸出来。"

经过一番周折，斯诺尔克姑娘终于被说服放弃这些贝壳，继续赶路。夜幕已经降临，附近又没有什么合适的住处。他们只好加快步伐往前赶，由于潮湿的雾气他们相互间只能看到模糊的轮廓，周围沉浸在一片神秘莫测的寂静中。虽然也不时可以听到一些细小的声音：小动物嗒嗒的脚步声，晚风中树叶的嗖嗖声，鸟叫声，被踢着而滚动的石头声，但这些声音都不能使这个死气沉沉的夜晚变得有生气些。

这地方太潮湿，篝火是点不起来的。没有火，睡觉是非常危险的。他们不得不选择一块很高的，踩着高跷刚刚够着的岩石尖顶来扎营，夜里还得有人站岗。小市民决定值第一班，并叫斯诺尔克姑娘和他一起。当别的动物都蜷起身子依偎在一起睡觉的时候，他坐在那里凝视着那孤寂的海底。此时海底被彗星的红光照亮了，那些岩石投下黑色天鹅绒般的阴影，东一块西一块地铺在沙地上。

小市民遐想，这样一个巨大的火球正越来越近地向地球飞过来。如果人们知道这一情况后，会是多么的惊恐万状啊。他又想，现在地球上的一切：森林和海洋，风雨和阳光，青草和苔藓是多么的可爱。一旦这些东西消失，生活将不堪设想。想到这里，他感到非常非常惆怅，但不一会儿他又觉得不必担忧了。

"妈妈知道该怎么办。"他自言自语地说。

第十章

埃及蝗与龙卷风

第二天，小长鼻第一个醒来，他的第一句话是："总算又到明天了！"

"瞧彗星，"斯诺尔克姑娘说，"差不多有房子那么大了。"

雾，在彗星散发的热量的驱赶下，已经全都散了。现在从这里可以十分清楚地看到远处比较平坦的海底，一直看到对面的海滩，他们不必绕道走远路了。

"树林！"琴鼻子用手指着叫起来。他们连高跷都顾不上踩就匆匆忙忙地直奔树林跑过去了。

"白杨！"小市民笨拙地走上海滩后气喘吁吁

地说,"市民山谷也不会太远了。"

斯诺尔克吹起了口哨,他们又走到了干燥的地上,他们兴奋得互相拥抱起来。

他们又踏上了回家的旅程。

正在他们向前赶路时,只见一只家猫骑着自行车迎头过来。他热得满脸通红(因为他们从来就脱不下他们的那身毛皮)。车后货架上绑着两三只小箱子和一个包裹,车把上挂着各式各样的小包包,这些小包包在来回乱晃荡,他背上的背包里面还装着一只小家猫呢。

"你在逃难?"小长鼻大声说。

家猫跳下自行车说道:"你问得对,小家伙。住在市民山谷附近所有的人都准备逃难,我想没有一个人肯待在那里等彗星的。"

"你们都知道了?彗星正好就掉在市民山谷!你们是怎么知道的?"斯诺尔克问道。

"这个吗!可以说鸟云亦云。"家猫说,"麝香鼠让鸟儿传话,通知到各家各户,更不必说聪明自重的家猫,即使无人通知也是十分清楚的,彗星准要落到市民山谷。"

"对了,顺便告诉你,"小市民说,"我相信,我们两家是远亲。我从家里出来时,母亲对我说,如果碰巧能遇上你们,要我代她向你们致以亲切的问候。"

"谢谢你，谢谢你！"家猫匆忙地说，"也代我向你那可怜的母亲问候，这也许是我最后一次向她致敬了，因为她和你父亲坚决不肯离开山谷，他们说他们要等你和小长鼻回去！"

"这样说来，我们还得再快一点。"小市民担忧地说，"如果你路过邮局的话，劳驾，请你帮我往家里打个电报，就说我们正在往家赶，很快就到家，请把电报打成问候电。"

"好，我一定打。"家猫说着跨上了自行车，"喂，再见，愿所有家猫和市民动物的保护神都来保佑你！"他十分虔诚地一路吆喝着走远了。

"你见过这样的动物吗？带那么多行李！"琴鼻子说，"这个老家伙快累坏了。唉，啥都没有一身轻，你看我有多舒服！"他高兴地把他的旧绿帽抛向空中。

"我不同意你的话。"小长鼻说着看了看他心爱的钻石短剑，"要是带上一两件漂亮的真正属于你的东西，不是也很好吗？"

"我们快走吧，"小市民说，"爸爸妈妈在家等我们呢，都知道等人最不是滋味了。"

一路上他们遇到了许许多多机敏的动物。有的步行，有的赶车，有的乘车，还有的把整个房子按上轱辘推着走。他们都惊恐地不时朝天空张望，连停下来说句话的工夫都没有。

"这真有点奇怪。"小市民说，"看起来我们倒不像他们那样害怕，虽然我们是朝着最危险的地方走去，而他们却是离开最危险的地方。"

"那是因为我们特别勇敢。"小长鼻说。

"瞎说，"小市民说，"我认为，"他沉思起来，"这是因为我们有了有关彗星的知识，是我们最早发现彗星要往地球上来，是我们看着彗星由一个小点变成太阳那么大……现在在那人人害怕彗星的地方，一定逃得不剩一个了。"

斯诺尔克姑娘用她的手握住小市民的手。"不管怎么说，"她说，"只要你不怕，我也就不怕。"

走了一阵，他们在路边上停下来吃饭。正好在那里，坐着另一位从爱默部落来的大叔，他膝盖上放着一本集邮册。

"一团糟，乱哄哄！"他自言自语地说，"到处是匆匆忙忙的动物，可就是没有一个过来告诉我，这是怎么回事。"

"您好，"小市民说，"我们在独山遇到一位与你一样的动物，他专门搜集蝴蝶。我想，他是你的本家吧？"

"那一定是我堂弟。"爱默叔叔答道。"他很愚蠢，我们到现在还相互不认识，我与他们已断绝了本族关系。"

"为什么要这样呢？"小长鼻问道。

"他除了他那些破玩意儿蝴蝶外，啥都不感兴趣。"爱默叔叔说，"即使脚下的地球崩裂了，也惊动不了他。"

"地球崩裂，对，这就是马上要发生的事。"斯诺尔克说，"确切地讲，明天晚上八点四十二分，地球要崩裂。"

"你说什么？"爱默叔叔说，"怪不得这里一团糟，乱哄哄的。这一堆邮票我整整清理了一个星期，什么打孔邮票了，什么水印图案邮票了，我都分成类分别放成了堆。可是忽然间，不知出了什么事，有的过来把我放邮票的桌子抬走了，有的把我坐的椅子拿走了，后来竟把整个房子都抬走了。就这样，我稀里糊涂地坐在一片混乱当中，邮票散了一地，可是谁也没有操这份心来告诉我一下究竟是怎么回事。"

"好，那么你听我来说。"琴鼻子慢慢地，清楚地对他说，"这都是彗星的事，明天彗星要和地球相撞。"

"相撞？"爱默叔叔不解地说，"这跟我集邮有什么关系？"

"暂时还没有什么关系。"琴鼻子说，"可是一旦彗星，就是那个带尾巴的野星到了这里，你的集邮册就不会剩下什么了。"

"请苍天保护我！"爱默叔叔喘口气，说完这句不着边际的话后，把他的连衣裙整了整（爱默部落的动物经常穿女装，谁也不知道为什么，也许他们从来就没有想到过世上还有裤子）。他问琴鼻子该怎么办。

"跟我们一起走，"斯诺尔克姑娘说，"我们找到了一个山洞，你连同你的集邮册都可以藏到那里。"

就这样，爱默叔叔加入了他们这一群，赶回市民山谷去。在路上，有一次，他从集邮册里掉了一张珍贵的邮票，害得大家只好走了几里回头路去帮着寻找。还有一次，不知谁忘记了一件什么事，为此他又和斯诺尔克吵了一架（斯诺尔克坚持认为，这是争论，可谁都看出来是吵架）。除此以外，他们相处得还是很不错的。

他们早就离开了乡间小路进入了一个大森林，这里生长的主要是白杨和橡树，间或也点缀几棵梨树。小长鼻突然停下脚步细心地听起来。

"你们听到什么没有？"他问。

这时，从远处传过来一种非常微弱的呼呼嗡嗡的声音。后来，这个声音越来越大，最后大得几乎要把耳朵震聋了。斯诺尔克姑娘紧紧地抓着小市民的手。

"你们瞧！"小长鼻叫起来。

这时，红色的天空突然暗下来了。它被一团乌云遮住：其实，这并不是云，而是一大群飞行的蝗虫。现在这一团昆虫云降下来了，钻进了树林。

"是一群蝗虫！"斯诺尔克喊道。他们都躲在一块石头后面细心地察看着那些贪婪的绿色土匪，这一群蝗虫恐怕有几百万只，现在都聚集在树枝上。

"这群蝗虫是不是疯了？"斯诺尔克姑娘低声说。

"我们——要吃！"靠得最近的那只蝗虫唱起来。"我们——正在——吃！"另一只也唱起来。"我们——正在——吃！"所有的蝗虫齐声唱起来。他们一边唱，一边撕着，嚼着，见到什么就向什

么咬过去。

　　"看着他们吃东西的那个贪婪样子,我也觉得饿起来了。"爱默叔叔说,"这比那场大混乱还要糟,但愿它们不要把我的集邮册给吃了。"

　　"看谁能把那只在舞会上拉提琴的蝗虫认出来?就是那天舞会上喝啤酒的那只。"琴鼻子说道。

　　"那只蝗虫是驯养过的,是草原蝗虫。"斯诺尔克说,"而这些是埃及野蝗虫。"

　　欣赏一下它们吃东西的速度倒怪有意思的。你看,不过一会儿工夫,这些可怜的树已被吃得光秃秃的了,一片树叶也不剩。再看地上连个草片片也没有了。

　　小市民叹声气说:"我听说,蝗灾在农村危害最大,任何灾祸都比不上。"

　　"什么是灾祸?"小长鼻问。

　　"灾祸就是要多坏就有多坏的事情。"小市民说"比如说地震、海啸、火山爆发,还有龙卷风、瘟疫也是。"

　　"换句话说,灾祸就是'大混乱'。"爱默叔叔说,"弄得没有一个能安生。"

　　"现在埃及的情况怎么样?"小长鼻对着一只最近的蝗虫喊着问道。

　　"喔,你知道,那里的东西不够我们吃。"它唱道,"不过,朋友们！你们要当心，一场大风快要刮来了。”

"我们——吃完了！"所有的蝗虫唱起来。接着呼呼啦啦像一阵风，整群蝗虫飞了起来。再看那树林，只剩下树枝骨架了。

"多么可怕的东西！"琴鼻子叫道。这一小队动物又开始沮丧地，步履艰难地行走起来，他们穿过了那片被蝗虫吃过的树林。现在这片树林呈现着一片凄凉景象，毫无生气。

"我渴了！"斯诺尔克姑娘呜咽起来，"我们是不是快到了？琴鼻子，请你吹首《心烦曲》吧！我现在的心情需要听这种曲子。"

"口琴坏了。"琴鼻子生气地说，"只有一两个音还能吹响。"

"就是那样，我们也想听一听。"斯诺尔克姑娘说。于是琴鼻子开始吹起来：

心烦——意乱——

道路——曲折——

　　——四个，

差不多——

到了小——

　　——门。

"什么心烦不心烦，我倒不在乎！"爱默叔叔说。他们继续踏着沉重的步伐缓慢地向前走着，两条腿从来没有感到这样沉重过。

就在这同一时间，在遥远的埃及，已形成了一股龙卷风。它伸展着黑色的翅膀席卷着沙漠，一路上呼啸而过，卷进棍棒与禾草。风越卷越猛，它的黑色翅膀也越来越大，越来越黑。它刮倒树市，卷走房顶，跨过海洋，翻过山脉，最后来到了市民山谷。

小长鼻的耳朵长，第一个听到呼啸声。"一定是又一群蝗虫来了。"他说。

大家都翘起了鼻子，竖起耳朵听着。

"这一次是大风暴。"斯诺尔克姑娘说。这次真的叫它说对了，这就是蝗虫曾经警告过他们的那场大风。

龙卷风的前锋穿过光秃秃的树林嚎叫着来到了。它把小市民的星章刮了下来抛进一棵杉树的树顶，把小长鼻推倒了四次，又想要把琴鼻子的帽子吹跑。爱默叔叔紧紧地抓住他的集邮册，唠唠叨叨骂个不停。最后他们统统被刮出了林子，来到了荒野里。

"这场风我们应该好好利用。"斯诺尔克大声说，"可是风虽好没有帆也白搭，太可惜了！"

"船也没有。"琴鼻子说，"船比帆更重要。"

他们趴到一棵大树的树根底下商量起来。

"我小时候做过一个滑翔器。"小市民说，"它飞得很不错……"

"做个气球倒是个不坏的主意。"斯诺尔克姑娘说，"我过去有过一个圆形气球，黄颜色的。"

就在那时，有一股风钻进树根里。爱默叔叔的集邮册被卷到空中直打转转。爱默叔叔痛苦地号叫一声，跳起来就去追他的宝贝。他东歪西倒，跌跌撞撞，风鼓起了他的连衣裙。他被推着过了杂草地，像只大风筝一样飘向远处。

斯诺尔克看着这一情景，忽然有了主意，他说："我有办法了，你们统统跟我来。"

在远处，他们找到了爱默叔叔。他正坐在那里呻吟呢，看上去绝望万分。

"爱默叔叔，"斯诺尔克说，"这就是可怕的大灾祸，现在你能不能行行好，把你的连衣裙借给我们用一下？我们想用它来做一个气球。"

"哎呀！我的集邮册！"爱默叔叔哭起来了，"这是我搞了一辈子的东西，我漂亮的集邮册呀！稀世珍宝，世上独一无二，丢了它是无法弥补的损失，这是世界上最好的东西！"

"喂，把你的连衣裙脱下来一会儿，行吗？"斯诺尔克说。

"你说什么？"爱默叔叔说，"要脱掉我的连衣裙？"

"是的，"他们一齐喊起来，"我们要用它做个气球。"

爱默叔叔气得满脸通红。"在这一场糟糕的大难后，"他说，"我已经伤心透了，而你们倒好，还想要脱我的连衣裙！"

"喂，"斯诺尔克说，"只要你照我们说的去做，我们就会抢回你的集邮册。但是要快！现在刮的还只是龙卷风的前锋——就像是来报个信。要是真正的大风暴来到，只有待在空中最安全。"

"不管是你们的龙卷风，还是你们的彗星，都跟我毫不相干。"爱默叔叔叫喊起来，他真的激怒了，"当有什么事与我的邮票发生关系时……"

但是他的话还没有来得及说完，斯诺尔克他们已扑了过去，一眨眼工夫，已把连衣裙从他头顶上拉了下来。这是一条非常大的连衣裙，下摆上还镶着褶边，这是他从他的伯母那里继承过来的。他们只需要把领口和两个袖孔一结，一只完好的气球便做成了。

爱默叔叔凶狠地骂着，嚷着，可是谁也不理他，因为这时候在远处的地平线上，已经可以看到真正的龙卷风来临。它像一块巨大的乌云，怒吼着，旋转着，把树连根拔起卷到空中，又把它们像火柴棍一样扔到地上。

"使劲抓住！"小市民喊道。于是大家都紧紧地抓住了爱默叔叔连衣裙的下摆的褶边。为了安全，他们相互之间用尾巴连起来。龙卷风终于来到了。

有很长一段时间，他们既听不见也看不清。爱默叔叔的连衣裙气球把他们带上了天，越飞越高。他们飞过了荒野，飘过了山顶和干湖。飘呀飘，一直飘到黄昏，飘到天黑，一直飘到龙卷风失去了势头而消失。他们落下来，停住了，这才发现他们的气球挂在了一棵高高的梨树上。

"啊呀！吓死人了！"小市民叫起来，"你们还都在吗？"

"我在，"爱默叔叔说，"趁还没有发生别的什么事，我想讲明白，我再也不跟你们在一起闹这种小孩子玩意儿了。你们再想干这种蠢事，不要强拉着我。"

这一次，他们实在太累了，谁也没有劲再去向爱默叔叔解释。

"我也在，而且我的镜子也没丢。"斯诺尔克姑娘说。

"我的帽子还在。"琴鼻子说，"还有口琴。"

"可是我的练习本不知落到什么地方了。"斯诺尔克痛苦地说，"这上面记有彗星到来时必须办的所有事情，现在怎么办？"

"现在先别管这。"小市民说，"小长鼻在哪里？"

"在这里。"传过来一声微弱的尖嗓音，"这是我自己吗？不是龙卷风刮剩下来的我的骨头吧。果真是我自己，那谢天谢地了。"

"你还是好好的吗。"爱默叔叔说，"那么说，以后我还会有机会听到你的尖嗓子的，现在连衣裙可以还给我了吧。"

"当然可以。"小市民说，"谢谢你借给我们连衣裙。"

爱默叔叔一边往头上套连衣裙，一边喘着气嘟嘟囔囔地老不高兴，幸好在昏暗中他看不清他的裙子被龙卷风弄成了啥样子。

这一夜，他们就紧紧地挤在一起，在梨树上睡觉。经过这一天的长途旅行他们太累了，一觉一直睡到第二天十二点才醒过来。

第十一章

彗星来到木民山谷

十月七日，没有一丝风，天气炎热异常。小市民醒过来打了一个长长的呵欠，然后吧嗒一声闭上了嘴，把眼睛睁得大大的。

"你知道今天是个什么日子吗？"他问道。

"是彗星来到的日子！"小长鼻低声说。

我的老天爷，你看现在彗星有多大！红颜色已经变成了黄白色，周围还有一圈跳动的火焰。树市都屏住了呼吸在静静地等待……蚂蚁躲进了他们的蚁丘，鸟儿归了巢，所有林中的小爬行动物，来不及离开的，都找了个地方躲了起来。

"现在是什么时间？"小市民问。

"十二点十分。"斯诺尔克答道。

谁也没有再说一句话，他们从树上爬下来，以最快的速度往家跑。

只有爱默叔叔嘴里还啰里啰唆发着牢骚，他一会儿诉说邮票丢了，一会儿又诉说连衣裙被龙卷风刮坏了。

"别唠唠叨叨的，"斯诺尔克说，"我们现在有更重要的事要考虑。"

"你说我们能不能赶在彗星前面先到市民山谷?"斯诺尔克姑娘喃喃地说。

"我们能。"小市民尽管嘴里这么说，心里还是十分担忧的。

那群蝗虫肯定没有到过这里，你看这片树林还是绿油油的，山坡上也还点缀着各种各样的花朵。

"你想不想摘朵花插到耳根后?"小市民问。

"哎，不，"斯诺尔克姑娘说，"我现在太发愁了，没工夫想那种事。"

这时候，小长鼻已走到头里。突然，大家都听到了他兴奋的叫喊声。

"大概又是一场什么新的大混乱。"爱默叔叔说。

"嗨！喂！快走！"小长鼻尖声叫喊着，"快跑！跟上！"他把手放到嘴里吹了一声尖利的口哨。

他们跑步穿过了树林。小市民跑在前面，他边跑边用鼻子嗅，

第十一章

123

有一股烤面包的香味迎面扑来。树林逐渐稀疏起来，突然，小市民停了下来，惊喜地叫了一声。

市民山谷就在下面。在梨树和白杨树丛中，市民家的蓝色房子清晰可见。还是那样蓝，还是那样宁静，还是那样雅致，就跟他离开时一样。房子里他妈妈正在安详地烤面包，做糕点。

"看来，一切都会顺顺当当的。"小市民兴奋地说，他喜出望外，不由自主地坐在了地上。

"那里是桥？"斯诺尔克姑娘说，"那里就是你讲过的那棵好爬的白杨树了。啊！房子有多漂亮啊！"

市民妈妈正在厨房里用浅黄色的柠檬皮和蜜饯梨片装饰一块大蛋糕。蛋糕边上有一圈用巧克力写的字"送给亲爱的市民儿"，蛋糕顶上有颗闪闪发亮的用棉花糖做的星星。

市民妈妈轻轻地吹着口哨，不时地朝窗外张望。

市民爸爸神情紧张地从这个房间踱到那个房间，在细细地思考着。"他们应该很快就到了。"他说，"现在已经一点半了。"

"他们会平安无事地回来的。"市民妈妈信心十足地说，"请等一会儿，我去把饼取出来！小长鼻来了会把盘子舔得干干净净的，他经常这样舔。"

"要是他已经回来了该多好。"市民爸爸说着深深地叹了口气。

这时麝香鼠走了进来坐到一个角落里。

"喂，彗星怎么样了？"市民妈妈问道。

"又近了。"麝香鼠说，"彗星到来的时候也就是人们伤心落泪的时刻，这一点我深信不疑。但是，当然了，对我这样的哲学家来说，是不会产生什么影响的。"

"好，我希望到时候你的那几根稀毛胡子能保住。"市民妈妈和善地对他说，"要是烧焦了就太可惜了，要吃点姜汁饼干吗？"

"好，谢谢，来一小块。"麝香鼠说。当他吃完八块姜汁饼干时，他说："小市民好像下山来了，还有一伙样子古里古怪的东西陪着，我不十分清楚你是否对这个消息感兴趣。"

"小市民来了？"市民妈妈大声说，"你为什么不早说？"她冲了出去，后面跟着市民爸爸。

是他们，正在过桥呢。最前面是小市民和小长鼻，第二个是琴鼻子，斯诺尔克兄妹走在第三，最后是爱默叔叔，看上去他的气还没有全消呢。

他们拥抱起来。市民妈妈情不自禁地喊道："啊呀！我亲爱的孩子，我本来想我再也见不着你了！"

"我和那棵毒树搏斗时，要是你能在场看该有多好！"小市民说，"唰！砍下一只胳膊，嚓，又切下另一只，最后毒树只剩下了光光的树桩。"

"哟，真好！"市民妈妈说，"这位小姑娘是谁呀？"

"她是斯诺尔克姑娘。"小市民说着把她引到前面，"她就是我从毒树下救出来的那个姑娘。这位是琴鼻子，环球旅行家。这位是爱默叔叔，集邮专家。"

"噢！"市民爸爸说，"是吗？"他又觉得他这样说不好，又说，"怎么会不是？当然是。"他说，"我还记得我年轻时也集过邮，这是个非常有意思的业余爱好。"

"这不是我的业余爱好，而是我的工作。"爱默叔叔火气很大地说（他晚上没有睡好觉）。

"既然是这样，"市民爸爸说，"昨天晚上龙卷风带过来一本集邮册，也许你能鉴定一下。"

"集邮册？你是说集邮册？"爱默叔叔叫起来，"龙卷风吹到这里来的？"

"怎么了？是龙卷风吹来的。"市民妈妈说，"昨天晚上我发好面准备做面包。今天早晨，面团上沾满了许多小片片纸。纸片背面还黏糊糊地带着胶水。"

"带胶纸！"爱默叔叔尖叫了一声，"那是我集邮册中最最最珍贵的，它们还在吗？现在在哪儿？以我们爱默家族的名义向你道谢，相信你不会把它们扔掉吧。"

"都挂在那里晾干了。"市民妈妈指着梨树下一根晾衣绳说。

爱默叔叔风也似的跑了出去。

"到这时候在他身上才显示出一点生气。"小长鼻说着哈哈大笑，"照他原来的脾气，即使彗星撞到他的屁股上，他也不愿跑这两步的。"

"对了，彗星。"市民妈妈焦急地说，"麝香鼠说，彗星今天晚上要落到我们的菜园里，这倒怪讨厌的，我才除过草。"

"我提议，在市民家开个会来讨论一下这件事。"斯诺尔克说，"当然，只有在得到你们同意的情况下才能开。"

"行，行，当然同意。"市民爸爸说，"请进，请不要拘束。"

"新鲜的姜汁饼干还有一些。"市民妈妈说着多少显得有些紧张。她摆出了上面刻有玫瑰和百合花的新咖啡杯，"亲爱的，你们及时赶到家，这是多么令人高兴的事呀！"

"你们有没有收到家猫发的电报?"小长鼻问。

"收到了。"市民爸爸说，"字母横七竖八，而且满篇惊叹号。很明显，家猫很紧张，连电报都打不好了。"

正说着，市民妈妈从窗户里探出身来喊道："咖啡准备好了！"于是所有的人，鱼贯地走了进去。只有爱默叔叔没有跟进去。他正忙着把所有的邮票展开，再按类分堆。他余怒未消，嘟嘟囔囔说他哪有闲工夫去开什么会。

"好，"斯诺尔克说，"现在我们可以来讨论一下正题了。不幸的是我那市练习本丢了，上面非常精确地记着躲避彗星时该做的几件事。但是有件事是十分清楚的，就像秃子头上的虱子是明摆着的——我们得找一个躲避的地方。"

"你把事情搞复杂了。"他妹妹说，"事情本来很简单，我们要做的全部事情不过是把贵重的东西带上，爬进小市民发现的山洞，就得了。"

　　"要多带点吃的东西。"小长鼻说,"顺便说一句,这个山洞是我发现的,不是小市民发现的。"

　　"哟!谢天谢地。"市民妈妈大声叫,"你们发现了一个山洞,那个山洞,我们怎么不知道?"

　　市民妈妈这句话引得小市民和小长鼻心里痒痒的,都想由自己出来描述发现这个山洞的经过,讲讲这个山洞是多么的奇妙,用来躲避彗星又是多么的合适。他们同时开了腔,争着说话,各不相让,嗓子越来越大,都想压过对方。在慌乱中小长鼻不留心竟把咖啡杯也给打翻了,流了一桌布。

　　"真是的!"市民妈妈恼怒地喊起来,"非常清楚,你们在外面一定活像个小流氓。小长鼻,你最好坐到地席上去吃。糕饼盘在洗涤槽里,你要是喜欢,就把它拿过去。"

　　小长鼻窘态毕露,很不自在,一头钻到桌子下面,会议继续进行。

　　"我一向认为,应该让大家做他们应该做的事。"斯诺尔克自负地说,"我们大家应该尽快地往山洞里搬东西,现在已经三点了,我和我妹妹,能拿动铺盖卷。"

　　"太好了。"市民妈妈说,"我来拿果酱,小长鼻,好孩子,你能不能把办公桌的抽斗清一清,里面的东西都要包起来。"

　　就这样,一场空前的大忙乱开始了。只见他们跑进跑出,拿东拿西，包这捆那。市民爸爸装车，市民妈妈一会儿找绳子，一会儿寻旧报纸，忙得团团转（活像战争时期，接到通知要在几小时内疏散到农村去一样）。

市民爸爸推着小车一次又一次地穿过林子把东西送到海滩卸到沙地上，小市民和琴鼻子就用绳子一样一样地吊到山洞口。

其他动物都在家整理东西，房子里一切能够移动的东西，小至食橱门把和窗帘绳统统都要拿走。

"我一样也不给彗星这个老东西留下。"市民妈妈喃喃地说着，从门里拖出一只洗澡盆，"斯诺尔克，快到菜园里把小萝卜拔出来，还有小长鼻，你捧着那蛋糕，要当心点。"

市民爸爸气喘吁吁地推着小车回来了。"赶快，大家都要快！"他说，"很快就要天黑了，山洞顶上的那个洞还没有封。"

"是的，是的，"市民妈妈说，"马上就来，不过，我还想把摆在花坛四周的贝壳带走，还有那几盆最好看的玫瑰。"

"不行了。"市民爸爸果断地说，"不管怎么说，我们只能把它们留这里了。快，快坐到已放在车上的澡盆里，亲爱的，我把你推到山洞那里去，爱默叔叔在哪儿？"

"他在数他的邮票。"斯诺尔克姑娘说，"看来，什么也引不起他的兴趣。"

"喂！爱默叔叔。"斯诺尔克喊道，"看在老天爷分上，快些好不好。彗星很快就要到，老待在这里，邮票会全部丢光的。"

"啊，老天爷保佑!"爱默叔叔叫道。他只一蹦就跳进了小车上的洗澡盆里。手里牢牢地抱着他那本集邮册，一动也不愿动了。

大家都向山洞出发了，这是最后一趟。海滩上已灰蒙蒙的，气氛阴郁。在他们前面，沙滩尽头是深沟，这里以前是海。在他们背后是树林，已经被烤得直冒热气。在他们头上是暗红色的天空，天空中彗星已越来越近，越来越大。它放着白热光，向着市民山谷冲来。

"麝香鼠在哪里?"市民妈妈突然惊恐地问。

"他不愿意来。"市民爸爸说，"他说，作为一个哲学家，像这个样子东躲西藏是没有必要的，而且也不成体统。我只好随他去，不过我把吊床留给他了。"

"那好，"市民妈妈叹了口气，"要理解哲学家真难。孩子们，靠边，腾腾路，爸爸要起吊澡盆了。"

小市民，小长鼻和琴鼻子在山洞里喊着号子拉绳子。市民爸爸和斯诺尔克，站在沙滩上，发着号令往上推。澡盆摇晃着，一会儿滑下来，一会儿又被拉上去。最后，总算拉到了山洞口外的岩石顶上。

市民妈妈一直坐在沙滩上看着他们，紧张地擦着额头上的汗。见澡盆拉上去了，这才长长地出了口气，大声说:"搬次家难哪!"

爱默叔叔，他只是在洗澡盆里坐了一路，当然是不会来帮忙的。他早就钻进山洞里摆弄他的邮票了。"老是吵吵闹闹慌慌张张的，"他喃喃地说，"他们为什么要这样呢？要是我也能懂得其中的道理就好了。"

空气越来越热，天空越来越暗。钟的指针慢慢地爬向七点。

他们无法把澡盆从洞口拖进去。斯诺尔克想开个会讨论一下，可是时间已来不及，于是他们决定把它弄到顶上去盖在山洞上面的那个裂口。

市民妈妈在洞里点上一盏灯，在柔软的沙地上为大家铺床。琴鼻子在洞口挂上了一条毯子。

"你觉得这样挂条毯子就能挡住彗星了吗？"小市民问。

琴鼻子从他的口袋里掏出一只瓶子来，得意扬扬地晃了两下。"你忘了火妖送我的那瓶防烫油了吗？""只要把用剩下来的防烫油往毯子上一涂，即使再来二十个彗星也烧不了它。"

"不会把毯子弄脏吧？"市民妈妈焦急地问。

就在那时他们听到山洞外面响起了一阵沙沙声，还有鼻子闻东西的吸气声，接着在毯子下面伸进来一个鼻子，然后亮起了两只黑眼睛，原来是麝香鼠找来了。

"啊呀！"小长鼻叫起来，"麝香鼠叔叔，你终究还是来了。"

"是的，我发现，外面太热了，要继续思考问题已经相当困难。"麝香鼠说着笨拙地爬到一个角落里，摆出一副庄重的样子。

"现在我们把一切都安排停当了"市民爸爸说，"几点了？"

"七点二十五分。"斯诺尔克说。

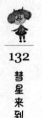

"那么说我们还有时间来尝一尝蛋糕。"市民妈妈说,"小长鼻,你把蛋糕放到哪里了?"

"在那边。"小长鼻指着麝香鼠坐着的那个角落说。

"在哪里?"市民妈妈问,"我看不见,麝香鼠,你见到那块蛋糕了没有?"

"像蛋糕这样的琐事,还叫我操心!"麝香鼠说着,一本正经地捻起胡须来,"鸡蛋糕,我既没有见,也没有吃,更不想去摸去找。"

"好,算了算了。不过这鸡蛋糕究竟上哪儿去了呢?"市民妈失望地说,"小长鼻,你总不会在路上把它偷吃了吧?"

"太大了,吃不下。"小长鼻天真地说。

"那么说,你吃了一点了!"小市民大声说,"过来,坦白!"

"我只吃了顶上的那个星星。"小长鼻说,"太硬了,不好吃。"他匍匐着钻到褥垫下面躲了起来。

"可怜的孩子。"市民妈妈说着坐到了椅子上,就在这时,她才感觉到她是多么的疲劳。

斯诺尔克姑娘机灵地看了看麝香鼠。"劳驾,你能不能挪一挪地方?麝香鼠叔叔。"她问。

"我不想动,我想待在哪儿就待在哪儿。"麝香鼠说。

"可是你坐到蛋糕上了。"斯诺尔克姑娘说。

麝香鼠这才站了起来。啊呀!我的妈呀!你看他的屁股上,沾着一团烂糊糊。那蛋糕算是……

"这太没意思了！"小长鼻尖声叫起来。

"我的蛋糕。"小市民哼着鼻子说，"专为我做的蛋糕！"

"真糟糕，这样的事听起来多难堪。看来，我的后半辈子就只得和这一团烂糊那样，黏黏糊糊的不好过了。"麝香鼠痛苦地说，"但愿我能像一个男子汉大丈夫，像一个哲学家那样来忍受这样的生活。"

"大家不要吵了。"市民妈妈说，"蛋糕还是这块蛋糕，就是样子有点不同罢了，把盘子拿过来，我要照样分给大家吃。"她把压扁了的蛋糕分成同样大小的九块，每只动物各得一块。然后盛一盆温水，叫麝香鼠坐到里面洗一洗。

"这样闹腾了一场，把我的宁静的思考环境全破坏了。"他抱怨说，"哲学家最忌讳的事就是这种吵吵闹闹令人不快的事情。"

"别在乎。"市民妈妈宽慰他说，"你很快就会好受些的。"

"好受不好受我倒是不怎么在乎。"麝香鼠说，(他的怒气还未消)"可是我再也不会得到任何宁静……"他嘟囔着。

山洞里越来越热。他们各自坐在不同的角落里等待着。不时地有人叹口气，或者发个什么议论，要不就是大家都不吭声。

突然，小市民跳了起来。

"我们把丝毛猴给忘了！"他喊道。

"就是，我们真的把它给忘了。"市民妈妈说，"多可怕！我还是昨天见到它的，当时它正在捉螃蟹。"

"应该去搭救它。"小市民下定了决心，"有人知道它在哪里住吗?"

"它没有固定的住处。"市民爸爸说，"恐怕，它只能留在洞外听天由命了，我们没有时间找它了。"

"哎，亲爱的市民，你不能去!"斯诺尔克姑娘恳求道。

"我应当去。"他答道，"我会回来的，别担心!"

"带上我的表，注意看着点时间。"斯诺尔克说，"要尽量快，现在已经八点一刻了。"

"那就是说，我还有二十七分钟。"小市民说。他焦急地拥抱了妈妈，吞下了最后一口蛋糕，就从毯子下面钻出去了。

山洞外面就好像一只填满了燃料的大火炉。树市纹丝不动，毫无生气地站立着。彗星发出的强光十分刺眼，连看都不敢朝它看一眼。小市民跑过沙滩，进了树林。他拼命喊着:"哎嗨! 丝毛猴，你在哪里? 丝毛猴!"

在树林里，在泛着红色的黑暗中，看不见一点有生命的东西，所有的小动物都已钻到地下蜷缩起来，真是一片死寂与恐怖。只有小市民一个在林中跑着，他停下来喊一会儿，听一听，然后再跑一会儿。最后他停下来看了看表，只有十二分钟了，该往回跑了。

他又叫了最后一声，这次使他非常高兴，有个非常微弱的声音在回答他。于是他把手围到嘴上又叫了一声，回答声又近了一些。不一会儿，丝毛猴从树枝上荡下来跳到他面前。"太好了，太好了。"他喋喋不休地说，"想不到在这里遇见你，我正纳闷……"

"我们现在没有时间仔细谈。"小市民打断他，"快跟着我去山洞，越快越好，要不我们就要出大事了。"

他们以最快的速度往回跑。一路上丝毛猴哈哈笑着，吱吱叫着，不断地问这问那，对面临的危险一点也没有觉察到。"这多有意思！"它嘴里说个不停，欢乐地从一根树枝荡向另一根树枝。它觉得，这好像是种比赛，真是开心。

小市民从来没有跑得这样快过，他不时地看看表，表也好像从来没有走得这样快似的，只有四分钟了！

他们跑出了树林来到了海滩……还有三分钟！啊呀！在沙地上跑真费劲哪！小市民抓住丝毛猴的手，做最后的冲刺。

市民妈妈正站在山洞外面等他们。两个小家伙的影子一进入她的眼帘，她便开始挥动手臂，喊道："孩子们，快！快跑！快跑！"他们像疯了一样攀上了岩石，市民妈抓住他们就往山洞里推。

"啊！谢天谢地！"斯诺尔克姑娘吁了一口气。在刚刚的二十分钟里，她由于担心而变成了粉红色，现在慢慢地又变回到了正常的颜色。"你总算及时地赶回来了，我亲爱的小市民。"

说时迟，那时快。山洞外面响起了一个可怕的声音——一种巨大的嘶嘶声。

所有的动物，除了爱默叔叔，他正埋头在邮票里，除了麝香鼠，他还在温水盆里泡着，都不约而同地扑到一起爬成一堆。灯熄灭了，山洞里漆黑一片。

彗星冲下来了。时间正是八点四十二分四秒。只觉得有股气流猛冲下来，就像是成千上万块岩石突然奔泻而下，大地在颤抖。爱默叔叔这才脸朝下趴到他的邮票堆里，小长鼻尖着嗓子拼命地叫，琴鼻子把帽子一直拉到鼻梁上遮住自己的脸。

这时，彗星拖着它的火焰尾巴，吼叫着穿过山谷，越过树林，飞过山脉。最后，再次消失在地平线上空。

要是彗星冲得离地球再近那么一点点，我敢担保，现在我们哪一个也不会再活在这个世界上了。还算好，这次它不过只用它的扫帚尾巴在地球上扫了一下，就马上远离我们飞到另一个太阳系去了。

但是山洞里的那一群，并不知道外面发生的这一切。他们在想，彗星一定把一切都烧光了，把一切都粉碎了，世界上现在只有他们的那个山洞才是保留下来的唯一的东西。他们听着，听着，但什么声音也听不到了，只觉得外面静悄悄的。

"妈妈，"小市民说，"是不是全过去了？"

"是的，过去了，我的小市民。"妈妈说，"瞧瞧，一切都是好好的。你们该去睡觉了，你们都得去睡觉，亲爱的，小长鼻，别哭了，现在没有危险了。"

斯诺尔克姑娘还在哆嗦，"多怕人！"她说。

"不要再去想它了。"市民妈妈说，"小猴子，过来挨着我暖和暖和，我给你们唱支催眠曲。"她唱道：

　　　　紧贴着妈妈，快闭上眼睛。

　　　　睡觉不做梦，一夜到天明。

　　　　彗星已过去，妈妈紧挨身。

　　　　再没有危险，醒来是早晨。

　　很快，一个个都睡着了，山洞里一片宁静。

第十二章

尾 声

第二天早晨，小市民第一个醒过来。有很长一段时间，他醒悟不过来他究竟在什么地方。当他一明白过来，便立即跳起来，小心翼翼地，蹑手蹑脚地走到洞口，他战战兢兢地挑起毯子朝外看。

啊！映入眼帘的景色是多么迷人啊！天空清澈湛蓝，不带一点红色。一轮朝阳，像是刚刚抛光的圆盘，挂在原来的位置上，放射着光芒。小市民坐下来，脸朝着太阳，闭上了双眼，幸福地长叹了一声。

过了一会儿，斯诺尔克姑娘也爬出了山洞，

坐到他身旁。

"不错，天空还是那样的天空。太阳，还是那样的太阳。岩石，还是在老地方。"她如释重负地说。

"你瞧那里，海水又回来了"小市民低声说。在远处，海水不停地朝他们滚过来，像轻柔的绸子闪烁着蓝光。啊，海洋！还是那个我们喜爱的海洋！

所有的海洋小动物，从它们的掩蔽所——烂泥里钻了出来，高兴地在水面上穿梭游弋。海草等水生植物也都向着太阳重新生长。一群海鸥，一会儿飞到海面上，一会儿又在海滩上空盘旋飞翔。

山洞里的所有动物一个个都醒了过来，他们好像刚做完一场噩梦，惊异地眨着眼睛。啊！灿烂的阳光，湛蓝色的海洋！只有爱默叔叔还是无动于衷，他拿上自己的集邮册走到沙滩上，说道："现在我要开始整理我的邮票了，这已是第七次了。所有的动物，不管他是哪个族的：市民族也好，斯诺尔克族也好，琴鼻子族也好，都不准再来捣乱，谁要再来捣乱谁就活该再受一次罪。"

麝香鼠哼着鼻子，理了理胡子，走了出来，他要去查看一下他的吊床是否完整无损。

"我的回忆录也可再增添一章了。"市民爸爸说，"谢天谢地！这本书写到最后，一定会激动人心的。"

"一定会的，亲爱的。"市民妈妈说，"但是激动人心的事太多了，恐怕这本书永远也写不完。啊！能再次看到太阳是多么高兴啊！"

小长鼻翘着尾巴，跳起舞来。他举起短剑，剑把上的蛋白石在阳光下闪闪发亮。跳完舞后，他和丝毛猴一起走了，他们要去看一看，在这一场大灾祸之后是否还有螃蟹活下来。

琴鼻子拿出了他的口琴，试一试能否吹出音来。结果，所有的音，包括所有的半音都吹响了，于是他尽情地吹奏起他心爱的乐曲。

小市民回到山洞，挖出了埋在沙里的珍珠，放到斯诺尔克姑娘的腿上。

"这些都是给你的"他说，"你可以用这些珍珠把你全身都打扮起来，成为世界上最漂亮的斯诺尔克姑娘。"

小市民留下颗最大的珍珠，献给妈妈做鼻环。

"真不错，小市民，多漂亮的珍珠啊！"妈妈说，"但是现在我最想要知道的是彗星损坏了些什么东西，树林还在不在？房子还在不在？还有那菜园子？"

"我想，所有的东西都还在。"小市民说，"走，回去看看。"